未知なる敵

クルト・マール

登場人物

ペリー・ローダン……………………銀河系船団最高指揮官
エイレーネ……………………………ローダンの娘
ゲシール………………………………ローダンの妻
アトラン………………………………《カルミナ》指揮官。アルコン人
ロワ・ダントン………………………《モンテゴ・ベイ》指揮官。ローダンの息子
レジナルド・ブル……………………《シマロン》指揮官
イアン・ロングウィン………………同首席操縦士
ラランド・ミシュコム………………同副操縦士
セッジ・ミドメイズ…………………同首席船医
ペドラス・フォッホ…………………同乗員。〝ドレーク〟最後のメンバー

1

嵐に追いたてられて、幾層ものグレイの雲が陰鬱な空一面にひろがっていく。山々の頂きは靄《もや》のなかに姿を消した。ときおり雲の切れ間から、恒星メガイラのかすんだ赤い目が、ぼんやりした光を投げかける。空気がなまあたたかい。気温は三十度前後。いまにも雨が降りそうだ。銀河系の果てにある、さびれた惑星シシュフォス。その赤道北側に位置する大陸の内陸部にある、レテと名づけられた高原では、六十時間の一日のなかで、この時間帯はいつも雨が降っていた。

かれはなにを見るでもなく、ぼんやりと前方に目をやった。数百メートル先には、この男をここに連れてきた宇宙船の巨大な船体がそびえている。かれの意識のなかにこの船は入ってこない。《シマロン》はほとんど残骸の状態だった。カンタロの宇宙船による一斉砲火で、船体外殻のあちらこちらが引き裂かれた。エンジンが持ちこたえられたのが奇跡のようだ。このエンジンのおかげで、傷だらけの船はハイパー空間に逃れ、追っ手をどうにか振りきったのだった。

男の心のなかでは失意の痛みが、熱をもってうずいている。セランを着用しているが、ヘルメットは開いたままだ。風にあおられた大粒の雨が当たりはじめたが、気にするそぶりはない。物思いに沈みながら、ときおり手で顔の雨水をぬぐう以外は、ただ薄暗がりを見つめていた。恒星メガイラはもう見えない。重苦しい黒い雲の向こうに隠れてしまった。森のいかにも異星らしい植物のあいだを、暴風が笛のような音をたてて吹き抜ける。高原がゆるやかに平地へとくだっていく南方に、稲妻がひらめいた。雷鳴は聞こえない。それほど嵐の音がひどかった。

男は休憩場所に選んだちいさな岩の上にずっとすわっている。テラのクワガタムシに似た大きな虫が、二股にわかれた角で、セランの右足のブーツを攻撃するようすをじっと見ていた。ブーツの素材はそんな攻撃にはなんなく耐えられる。だが、虫はそれを認めようとせず、その奮闘にライトグレイのブーツがあらがいつづけるほどに、攻撃は激しさを増した。

かれはしばらくそのようすを眺めていたが、夢中で攻撃する昆虫を、そろそろ足で振りはらおうとしたとき、予想外のことが起きた。男がすわる岩は、森のなかにぽっかりと木々が開けたひろいあき地にあった。森のこのあき地に面したあたりには、草や背の低い植物しか生えていない。後者は半メートルほどの高さで、地球のバナナの木をちいさくしたような形をしている。そのはばひろく肉厚の葉に風が打ちつけ、茎を地面に押しつけようとする。だが、この植物の細い茎はしなやかで、うなだれるように曲がっても、折れることはない。その一本が岩のすぐそばに生えていた。突風をまともに受けた茎がほとんど水平に押したおされ、葉が地面をこすった。そのとき葉の一枚が、あいかわらず野獣のように男のブーツに襲いかかるクワガタムシに触れた。すると、その葉は突然、収縮して縄のように細くなり、把持アームのように虫をつかんだ。そして上にはね飛ばすと、ふたたび植物は直立した。葉が触手と化し、茎に生えたほかの葉に虫を届けたのだ。虫は葉が最初に触れたときにすでに硬直しており、混みあった葉のなかに消えた。何枚もの葉が虫のからだに巻きつき、ぴくぴくと震えはじめた。数秒後、クワガタムシは粉砕されて細かいかけらになり、植物の餌食《えじき》となったのだった。

男は立ちあがった。シシュフォスは古い惑星で、地球の二倍以上の年齢だ。その歴史のなかでは数々のカタストロフィが発生したにちがいない。自然はそのつど、種の保存を確保するため、あらたな手法を考えだすことを強いられた。いま目《ま》のあたりにした、大型のクワガタムシを攻撃し、食する植物は、その一例だった。

降りしきる雨のなか、《シマロン》の巨体はもうシルエットしか見えない。ヘルメットを閉じ、グラヴォ・パックを使って船にもどろうか。男がそう考えはじめたとき、右耳皮下に埋めこまれたマイクロ受信機から声が届いた。

「こちら、セッジ・ミドメイズ。ペリー・ローダン、応答願います」聞きなれた声が響く。

男は頸に手をやった。極小のマイクロフォンがまだ咽頭部《いんとう》にあることを確認するかのように。

「ローダンだ」かれはただ、そう答えた。

「終わりました」受信機の声はいう。「記憶解剖の準備はすべて整っています」

かれは一瞬、逡巡《しゅんじゅん》し、考えた。この連絡は自分にとって重要だろうか、と。そして告げた。

「わかった、いまから行く」

＊

セッジ・ミドメイズがすぐれた医師であることは、疑いようがない。なぜ、かれは専門とする医療の手段をもちいて、自分をもうすこし魅力的な外見にしないのか、だれもが不思議に思った。かれは中背。豊かな髪は茶褐色の巻き毛。目の上には濃い眉毛。印象に残る大きな鼻をし、鼻先は赤みを帯びていた。ぶあつい唇は、祖先のどこかでアフロテラナーの血が混ざったことをしめす。腕は手の甲まで毛が生えていた。歩くときはかなりの外股で、よたよた歩くためか、偏平足だという噂もある。

セッジ・ミドメイズは醜いが、一流の専門家だった。心地よい深い響きの声で話し、ブラウンの目の表情は、高い知性を感じさせた。かれはペリー・ローダンをキャビンのハッチで出迎えた。ちいさいこのキャビンは、今回の目的のためだけに用意されたものだ。たくさんの技術機器に囲まれたジョイントシートの上で、一見まったく目立たない印象のひとりの若者が、なかばすわり、なかば横たわるような姿勢で休んでいる。短く刈ったブロンド、水色の目、短くて上を向いた鼻、青白い顔は、無害なふつうの人という印象をあたえる。そのうえ、太くてがっしりした首に明らかな太鼓腹……ペドラス・フォッホはほんとうに、これといって目立たない。だが、その外見と中身はちがう。それも大ちがいであると認識するためには、かれをよく知る必要があった。

短いまじめな挨拶がかわされた。ペドラス・フォッホはひょうきん者として知られていたが、この数日の大惨事を経験したあとでは、とても冗談をいう気分にはなれなかった。セッジ・ミドメイズは一刻もむだにはできない。さっそく、記憶解剖の手順を説明しはじめた。

「この装置は綿密に構造化されたハイパーフィールドを発生させます。このフィールドが患者の脳に侵入し、記憶細胞をくまなく探査する。細胞の内容がハイパーフィールドと相互に作用し、その構造にゆらぎを生じさせるので、それを測定装置で記録するんです。そうすると、記憶の内容がコード化された、長いインパルス列が発生します。記憶解剖は基本的に単純で危険のない方法ですが、やっかいなのは、このインパルスのコードを解読すること。これは複雑をきわめます。わたしの予想では、シントロニクス結合体が数時間から数日間、かかりっきりになる。もちろん、八台のシントロニクスのうち、何台を使用できるかによりますが」

「システムの大部分を使ってもらっていい」ペリー・ローダンは応じた。「われわれが使うのは、修理ロボットを制御するシステム要素だけだ」

ペドラス・フォッホの顔に、かすかな苦笑いが浮かんだ。

「わたしの記憶を探ることが重要なのはわかりました」かれはいう。「わたしは何カ月もカンタロの捕虜になっていましたが、くわしい記憶はまったくないといっていい。おそらく、カンタロの野郎が、わたしの脳になにかをした。それで記憶が遮断されているんでしょう。くりかえしますが、あらゆる手段で追加情報を探す必要があることは承知している。だから成功を祈ります、セッジ。でも、ひとつ考慮してほしいことがあるんです！」

「それはなんだ？」

「わたしもただの人間です。過去に、いまではとても誇りに思えないようなこともしています。それも洗いざらい暴露されてしまう。もし、あなたが……」

「心配いらないよ」医師がさえぎった。「きみのプライバシーに触れることはないから。日常生活の記憶は、カンタロが遮断した記憶と簡単に区別できるんだ。関係ないところを詮索したりはしない」

「それを聞いて安心しました」ペドラス・フォッホはほっとため息をつき、シートのクッションにすこし深くからだをあずけた。

「ではほじめます」セッジ・ミドメイズが告げる。

「ペドラスはずっと意識があるのか？」ペリー・ローダンがたずねる。

「フィールドが作用しはじめると、すぐに麻酔の眠りに落ちます」医師は答えた。

「ペドラス、準備はいいか？」

「やってください」

〝ドレーク〟という名の組織の最後の生き残りはつぶやいた。

「装置、スタート」とセッジ・ミドメイズ。

目に見えないサーボ機構が命令を受けとり、いくつかの切り替え動作を開始した。かすかにうなる音以外、なにも聞こえない。ペドラス・フォッホは目を閉じた。規則正しい呼吸が、かれが眠りはじめたことをしめす。

「画像を」ミドメイズが求める。

ヴィデオ画面があらわれた。数本のラインが水平にはしり、上下に並んでいる。どのラインもまっすぐで、わずかなゆらぎもない。医師がうなった。

「かれの記憶のこの部分は消されているように見えます」とミドメイズ。「情報ビットはひとつも残っていません」

一分が過ぎた。眠っている男はすこし口を開けた。かすかなうめき声が聞こえる。

「かれに痛みはあるのか?」ローダンは訊いた。

「まずありえません。すくなくとも、記憶解剖の痛みではない」セッジ・ミドメイズは首を振る。「夢を見ているのかもしれません」

それがきっかけになったかのように、画面上のラインのひとつがかすかにゆらぎはじめた。ふたりは固唾《かたず》をのんで見守った。合計で五本のこのラインを、医師は測定シュプールと呼ぶ。そのうち、四本は引きつづき平坦なままだった。いちばん下のラインには鋭いスパイクが次々と出現し、左から右へと目で追うのも困難な速さで流れていく。しかし数秒後には、ラインが安定しはじめた。セッジ・ミドメイズはいくつか指示を出したが、その意味はペリー・ローダンにはわからない。スパイクの出現速度が落ち、とうとう完全におさまった。いちばん下の測定シュプールはいま、古いのこぎりの歯をなぞったかのような線を描いている。その〝歯〟は高さがまちまちで、先端が折れていた。

「見つけたぞ! これだ! おお、明らかに遮断された記憶域の情報だ」ミドメイズは興奮しているようだ。かれは興奮すると、いつも饒舌《じょうぜつ》になる。「これで解読できるはずなんですが。うまくいけば、カンタロが喪失させたペドラスの記憶の中身がわかるでしょう。すぐにデータをシントロニクスに伝えます。もう、わたしがシステムを使用できるようになっていますか？　解読が早ければ早いほど……」

かれは次々とまくしたてる。ローダンは興奮する医師の腕に手を置いた。

「とにかくおちつけ、セッジ」かれはいい、このちいさなラボに足を踏み入れてからはじめて笑みを浮かべた。「きみは司令室に顔を出すだけでいい。そうすれば、修理のために必要なもの以外、すべてのコンピュータ設備を利用できる。きみが記憶解剖に集中できるよう、ひとりにするよ。わたしのせいでなにか失敗するといけないので」

「しまった！」セッジ・ミドメイズはあわてていった。「また、しゃべりすぎましたか？」

「そうではない」ローダンの笑顔が消えた。「すこし考える時間がほしいんだ。いくつか計画があるんでな」

＊

シリカ星系の第三惑星、ウウレマでカンタロの基地を掃討したとき、かれらは自信にあふれ、楽観的になっていた。銀河系とその周辺で無敵とみなされていた敵に、はじめて決定的な一撃をくらわせたのだ。抵抗組織〝ヴィッダー〟と自由商人の連合軍が、この惑星の施設を壊滅させ、基地拡張の責任者だったカンタロのプロジェクト・リーダー、ヴェーグランを捕らえて膨大な情報資料を奪ったのだった。これらすべての成果は、自軍側にほとんど損失なく、なしとげられた。そのうえ、《ブルージェイ》と《シマロン》がクロノパルス壁の歴史的突破を果たしたさいに誘拐され、専制支配者の捕虜になっていたペドラス・フォッホを解放できたのだ。

自信にあふれ、楽観的になる充分な理由があった。ヴェーグランは尋問を受けようとせず、直前に〝ロードの支配者〟に関するあやしげな言葉をつぶやいたのち、命を絶つことを選んだ。それでもデータの解読は……すくなくとも一部は……成功し、暗号化レベルが二番めに高いコードのなかに、秘密本部アルヘナではだれもが思わず聞き耳を立てるような情報が出現したのだった。

〝アンティ・パウラ〟と呼ばれるブラックホールのなかで、ラカルドーンという名の生物が、なにやら実験のような活動にたずさわっているらしく、〝ロードの支配者〟が満足する大きな進歩が得られたようだった。ここにもまた、カンタロのヒエラルキーで上位の役割を担うと見られる、謎の支配者が登場する……だが、その点にはまだだれも、さほど関心を寄せなかった。それよりも、アンティ・パウラ・ブラックホールとラカルドーンに関する情報のほうが、はるかに重要だったからだ。

ペリー・ローダンと、ハルト人のイホ・トロトら、かれの仲間たちが過去への冒険的な旅に出たのは、それほど遠い過去の話ではない。ローダン一行は《ハルタ》に乗船し、大マゼラン星雲の惑星パウラ近傍に位置するブラックホールに突入。その中心にある無の領域で、ブラック・スターロードに入りこんだのだ。その前には息づまるような出来ごとがあった。ブラックホールの制御ステーションで、ナックと争うことになったのだ。ナックはほんとうの名はタワラといったが、なぜかそのときはラカルドーンと称していた。一行はナックに過去の柱の向こう側に送りこまれ、そこにあった岩塊で〝アムリンガルの時の石板〟の残骸を発見。その場に囚《とら》われていたイホ・トロトを解放した。さらに制御ステーションを壊滅させたあと、ブラック・スターロードに入りこんで六百五十年以上も前の銀河系に移行したのだ……そこは、百年戦争の嵐がまだ吹き荒れていた時代だった。ラカルドーンはこのパウラ・ブラックホールの制御ステーションで、遺伝子や時空間に関する実験にたずさわっていたことがわかった。パウラ・ブラックホールからどこかに通じているブラック・スターロードを、タイムロードに変えようとしていたのだ。おそらくカンタロの意向だろう。知られているかぎりナックは自分の意志で行動することはないし、パウラの制御ステーションにいてローダンによりいまは祖先の世界へと旅立ったラカルドーンの上官は、カンタロだったからだ。カンタロが時間実験でなにをめざしていたかは、まだわかっていない。ペリー・ローダン一行がどうやって現在にもどったのかという点も、いまのところは重要性が低い。

重要なのは、パウラ・ブラックホールに突入したあと、《ハルタ》がペルセウス星系のブラックホールにふたたびあらわれたことだ。惑星ウウレマで奪いとったデータを精査した結果、アンティ・パウラはペルセウス・ブラックホールを意味するとしか考えられなかった。しかも、そこで例のラカルドーンが活動していた。これまでかれは、パウラ星系のステーションとともにこの世を去ったと思われていたのだ。

このことがわかってから、ペルセウス・ブラックホール方面への進撃を決断するまで、ほとんど時間を要さなかった。ヴィッダーの司令部は、そこにさらなる成功を収めるチャンスがあると確信した。ヴィッダーの旗艦《クイーン・リバティ》とローダン一行の七隻の宇宙船はアルヘナを出発し、ペルセウス・ブラックホールに到達した。

ここでペリー・ローダンは思考をとめ、目を閉じた。記憶が心を苦痛で満たす。その痛みに打ち勝つことに、かれは全力を集中した。ペルセウス・ブラックホールは罠だった。カンタロは、敵にある情報をつかませるため、わざとウウレマの基地を犠牲にしたのだ。ローダン一行がナックを捕らえ、ペルセウス・ステーションの調査を終えたのち、その転送インパルスによって七隻の宇宙船が通常宇宙に遷移すると、そこは事象の地平線のすぐ上で、三十隻のカンタロ艦隊が待ち受けていた。戦闘がはじまったが、ローダン一行が勝利することは不可能だった。敵が技術の上でも数の上でも、あまりにも優勢だったから。ペリー・ローダンはためらうことなく、即時撤退を命じた。〝逃げられる者から逃げろ！〟……それが合言葉になった。

多くの者にとってこの命令は遅すぎた。《ブルージェイ》と《クレイジー・ホース》は爆散。《ソロン》は敵の砲撃で大破し、ブラックホールに落ちていった。生き残った者はいない。《ハルタ》は《シマロン》から無謀な加速で離れるのが見えた。《カルミナ》、《モンテゴ・ベイ》、《クイーン・リバティ》については情報がない。最初の二隻は失われたと考えざるをえない。ヴィッダーの旗艦《クイーン・リバティ》は、運に完全に見放されていなければ、逃げられたかもしれない。この船は監視役として、戦闘から遠く離れた場所にいたから。

《シマロン》は敵の砲撃を受けた。メタグラヴ・エンジンが最後の力を振りしぼり、大破した船をハイパー空間にほうりこむことができた。《シマロン》がふたたび姿をあらわしたのは、ペルセウス・ブラックホールから千二百五十光年、離れた場所だった。五・三光年先に、M－3のスペクトル型を持つ老齢の赤色矮星《わいせい》を発見し、その方向に針路をとった。なぜなら、そこには三つの惑星があり、恒星にもっとも近い惑星が、テラに似た環境条件を備えると期待されたからだ。この期待が確信に変わると、《シマロン》は探査ゾンデをもちいて軌道上から、異星の環境が生物学的・化学的に危険がないことを確認したうえで、着陸進入態勢に移行したのだった。

船内がどんな雰囲気におおわれていたか。それは、どの星表にものっていないこの星系の、天体に授けられた名前から読みとれる。外側のふたつの惑星には名もつけなかった。それらは大気も生命もない、氷のように冷たい岩石の塊りで、だれも興味を持たなかったから。恒星は〝メガイラ〟と命名された。メガイラはギリシャ神話の復讐の三女神、エリニュスのひと柱だ。第一惑星は〝シシュフォス〟。やはりギリシャ神話のアンチ・ヒーローにちなむ。ゼウスの怒りにふれたかれは大岩を山頂に押し上げる罰を受けるが、ゴールの直前でかならず岩が手から滑り、坂を転げ落ちてしまうのだ。

《シマロン》は自由空間で修理することができたし、そのほうが容易だったかもしれない。だが、千二百五十名の意気消沈した乗員には、その心に重くのしかかる落胆を乗り越えるため、何週間にもわたる長い修理期間を、せめていくぶんなじみのある環境で過ごすことが必要だった。シシュフォスは楽園とはほど遠い惑星だった。年老いた恒星はほとんど光をはなたないわりに、大量の熱を放出した。ゆっくりと自転するため、明暗境界線の昼側と夜側での気温差が激しい。嵐や土砂《どしゃ》降りは日常茶飯《さはんじ》事。土着の生物は見知らぬものばかりで、なかには死をもたらす危険なものもいる。植物のなかにも攻撃性が高く、人間も殺せるほどたくましい種もあった。一見、無害に見えるイモムシが、皮膚を腐食する毒を飛散させることも。そう、シシュフォスは楽園などではなかった。それでもこの惑星は、知的生命体がなんとかやっていくために、窮屈な宇宙船内よりはまだましな環境を提供してくれた。

ローダンはまた思考を中断した。寝室として用意されたキャビンの天井を見あげる。

背中の下にあるベッドのクッションが硬く、不快だった。

千名以上の命が失われたのだ！　そのうえ、四隻か五隻、もしかすると六隻ものかけがえのない宇宙船が！　ロワ・ダントン……このとき、マイクル・ローダンという名前が思い浮かばなかったのは、意識の防衛反応だった……、アトラン、バス＝テトのイルナ、ニッキ・フリッケル！　心痛はあまりに激しく、かれの感情だけでなく考える力も圧倒する。おさえがきかない状態だった。物思いに沈むペリー・ローダンに明晰な思考ができる唯一のことは、かれが負うべき責任だった。かれは戦略家であり、これまで生きてきた二千百年の経験に強い自負があった。そんなかれが、まるで若い少尉のように、罠におちいるのを許してしまったのだ。

そう、かれらは自信にあふれ、楽観的になっていた……警官をひとりやっつけただけで、市警全体と張り合えると勘ちがいするちんぴら集団のように。かれらはカンタロを甘く見ていたのだ。惑星ウウレマでの勝利で、なにも失わずにすんだ。当時はみな、そう考えていた。でもいまはよくわかる。ウウレマで、かれらは冷静に考える力を失っていたのだ。

かれは横を向くと、疲れた声でサーボに命じた。

「セッジ・ミドメイズにつないでくれ」

画面があらわれ、医師が姿を見せた。額に汗が浮かび、頭をおおう巻き毛が乱れて四方に垂れている。

「なにか変わったことは？」ペリー・ローダンは訊いた。

「〝まだ〟なにもありません」ミドメイズは興奮したようすで答えた。最初の語を強調したことから、かれは記憶解剖の最初の成果がまもなく出ると期待しているようだ。「コードの解読は進んでいます。情報をつかんだら、すぐに連絡しますので」

ローダンはうなずいた。

「わたしは司令室にいる」

＊

レジナルド・ブルがこれほど意気消沈しているのを、だれも見たことがなかった。イアン・ロングウィンにはあまり大きな変化は見られない。いつもどおりのまじめで寡黙なかれに見える。ラランド・ミシュコムは一時間近くにおよんだ討議のあいだ、古いアフリカの格言をひとつも口にしなかった。首席技師のヴェエ・ユィイ・リィは冷静な印象を見せている。それはかれの流儀だった。かれは冷静でないところを見せたりはしない。

討議のあいだ、ペリー・ローダンとエイレーネはよく視線が合った。この少女……いや、数週間後には彼女の十九回めの誕生日がくるんだった！……このうら若き女性は、懸念の表情だった。探るように父を観察する。父が病んでしまうことを心配するかのように。ペルセウス・ブラックホールでの大惨事以降、ローダンがエイレーネを目にすることはあまりなかった。彼女は父を避けていたわけではなく、かれもそれをわかっている。彼女は苦悩する父をそっとしておきたかったのだ。父の心を軽くするために、彼女にできることはなにもなかったから。ときおり、だれかがあまり重要でない発言をするときに……シントロニクスがいずれにせよ全会話を記録する……かれは彼女にほほえみかけ、彼女もほほえみを返した。それ以上のコミュニケーションは、いまは必要なかった。

「よし、ふたつのプログラムを開始しよう」なんとか気をとりなおしたレジナルド・ブルは、椅子の上で背筋を伸ばした。「ひとつは、この惑星の地表を探査する計画を立てること。われわれはシシュフォスのことを、ゾンデが伝えてきたこと以外、なにも知らない。探査は搭載艇で実施する。通常の方法は……」

「ひとこと、お許しください」ラランド・ミシュコムが口をはさんだ。少々、ふくよかすぎるこの《シマロン》の副官は今日、銀河系船団のライトグリーンのコンビネーションを着ている。「この一時間、ずっと聞いてきても、まだわからないのですが、なぜこのいまわしい惑星を探査するんですか?」

「われわれはここから動けないんだよ、ララ」ペリー・ローダンがブルの代わりに応じた。「何週間になるか、まだだれにもわからない。異星の探査は有益な活動だ……シシュフォスは修理が終わりしだい、われわれにとって意味のない惑星になると、容易に察しがつくとしてもな」

「作業療法ですか？」

「そう呼んでくれてもいい」

ローダンが視線でブルをうながすと、赤毛の短髪男は話をつづけた。

「第二のプログラムの目的地は、ペルセウス・ブラックホールだ。われわれの船は、二機の超光速航行が可能なスペース＝ジェットを搭載している。この機なら数時間でブラックホールの宙域に到達できる。二機でその宙域を、注意深く見てまわる」

「もう決まったことですが」イアン・ロングウィンが思案顔でいった。「あの宙域でまだだれかに会えると、ほんとうに思いますか？　もちろん、カンタロ以外のだれかに」

「もし、われわれの船のどれかが生きのびていたら、きっとペルセウス・ブラックホールの宙域にもどろうとするはずだ」ペリー・ローダンは確信を持って説明する。「カンタロをめぐる危険はあなどれない。だが、われわれの船はどれも、マキシム＝探知システムとヴァーチャル・ビルダー型の対探知システムを搭載している。カンタロの砲火の犠牲になったかどうか断定できない以上、ブラックホール近傍で船を捜索することは不可欠だ」

「これも作業療法ですか?」ラランド・ミシュコムが訊いた……あくまで真顔で、皮肉のかけらもなく。

「ちがう」ペリー・ローダンはきびしい声でいった。不適切な質問だとかれが思ったことが聞きとれる。「これは希望であり、われわれが逃してはならないチャンスなのだ」ラランド・ミシュコムが目を伏せるまで、かれは彼女を見つめつづけた。レジナルド・ブルがその場の微妙な空気を感じとり、てのひらで軽くデスクをたたいた。

「これで決まりだ」かれは声を響かせ、宣言する。「両プログラムの準備を開始する。まず……またか。こんどはなんだ?」

かれが反応したのはインターカムの音だった。

「セッジ・ミドメイズだ。わたしがここにいるのを知っているから」ローダンがすまなそうにいった。「重要な情報を待っているんだ」

空中に映像があらわれた。医師はかたい表情だ。一時間前とちがって興奮しているようすはない。それどころか、かれの巻き毛はいくぶん整えられている。どうも、悪い知らせを乗員に伝えようと、決意を固めているようだ。だが、それをせず、ただこういった。

「最初のデータが得られました。ごらんになりたいだろうと思いまして」

「このデータを最初につかんだのは、まったくの偶然なんです」セッジ・ミドメイズはもう、先ほどのようなかたい顔ではない。かれの科学的熱意は、重要な任務でかれをひときわ元気にさせる。それがまた、はじまったようだ。「状況しだいでは何日もかかるところだったんですよ、もし、わたしが……」

「ペドラス・フォッホのようすはどうだ?」ペリー・ローダンがかれの言葉をさえぎった。

*

この質問は医師を動揺させたようだ。

「かれのようすですって? どこかを歩きまわっていると思いますが」

「記憶解剖で充分なデータは得られたか?」

「それはもう。いまからあなたに披露するのは、全情報の十パーセントにも満たないと思います」

「ペドラスはきみがかれの脳からなにを抽出したか、知っているのか?」

「まだわたし自身もわかっていないのに、かれが知るわけがない……ああ、わたしがこれから披露する部分のことですか? いいえ、かれはなにも知りません」

ペリー・ローダンは真剣そのものの表情になった。

「きみに、ふたつ要望がある」かれはいった。「第一に、記録された記憶の内容をおおまかに教えてくれ。第二に、ペドラス・フォッホをここに呼んで、いっしょに記録を見てもらいたい。これはかれの記憶なのだから」

セッジ・ミドメイズは困っているように見えた。すこしのあいだ、いいわけを探すようすだったが、やがてこう説明した。

「これは、かれがカンタロの捕虜になっているときに受けた尋問の記録です。楽しい内容ではありません。ご存じでしょう、カンタロがいかに……」

「わかった。記録を見てみよう。だが、ペドラスを同席させてくれ」

セッジ・ミドメイズはサーボ機構に命令を伝えた。ほどなく船内放送が流れ、この医師が記憶解剖のために……そしていまは、そこで得られたデータを披露するために……用意したちいさなラボに、ペドラス・フォッホを呼びだした。かれはためらうことなく呼びだしに応じ、数分後にあらわれた。

セッジ・ミドメイズは緊張しているようすだ。

「準備はすべて整いました」かれは不安げな声でいった。「おかけになりたいなら、どうぞ……」

「とっくにすわっているぞ、セッジ」ペリー・ローダンはいらだった声でうながした。

「はじめてくれ」

照明が消えた。まず、ちらちらとした光が見えて縞模様《しま》があらわれ、ホログラムがうつしだされた。映像はすぐに安定し、ある部屋がローダンの目に入った。室内には異星ふうの家具がしつらえられ、左手に大きな窓がある。その外に目をやると、樹木でおおわれた丘が頂上まで見わたせた。この風景に、見知らぬ恒星がぎらぎらと照りつける。窓の前に置かれた物体は、すこし想像力を働かせると、椅子だとわかる。右側には箱形の構造物があり、その表面には技術機器が備えられていた。ローダンから見て箱の向こう側には、豪華な装飾をほどこした、玉座をイメージさせるものが見える。

そこにカンタロがすわっていた。

この生命体は、そのちいさな離れた目が正体を暴露しなければ、人間だと思いかねなかった。カンタロはゆったりとした絢爛《けんらん》たるローブをまとっている。その動かない表情からは、高慢と軽蔑が見てとれた。かれの視線は映像の手前にあるなにかに向けられているが、それはホログラムを見ている者には見えない。

カンタロが話しはじめた。インターコスモだった。しわがれた声で、とつとつと話す。銀河系の〝リンガ・フランカ〟、すなわち通用語で話してはいるが、なまりがきつく、ところどころ聞きとれない。

「ほかにいうことはないのか？」かれが大声をあげた。

「なにもない」映像にうつっていない話し手が鈍い声で答えた。

ペリー・ローダンはこれまで、カンタロとその周囲の異星らしい環境に目を奪われており、映像がどのように撮影されたのかを考えていなかった。よく見れば妙だった。映像はきわめて鮮明なのに、視線の向きが数秒ごとにぴくりと変わる。まるで神経性の痙《けい》攣《れん》を起こした者がカメラを操作しているかのようだった。

いま、ローダンは気がついた。自分はこの場面を、ペドラス・フォッホの目を通して見ているのだ、と。カメラではなく、フォッホ自身がこれを記録したのだ。その記録がセッジ・ミドメイズの技術によって、かれの埋もれた記憶から抽出されたのだ。ときどき頭を動かしたり、見る方向を変えたりするのは、人間にとってはふつうのことだ。

〝なにもない〟といった声は、ペドラス・フォッホの声には聞こえなかった。それも納得がいく。フォッホの記憶のなかの声だから。だれでも自分の声は、他者が聞く声とはちがって聞こえるものだ。

捕虜のペドラス・フォッホはカンタロの前にすわり、尋問を受けている……わかりきったこの状況を、ペリー・ローダンはいまやっと理解した。ここ数カ月のあいだに、銀河系のどこかの惑星で起きた出来ごとだった。

「ナンドロクにはなにも隠せやしない」カンタロはいう。「それをきみも思い知るだろう」

映像が何度もぴくりと揺れた。痙攣のような揺れだ。通常の頭の動きでは起こらない。

大きなうめき声が聞こえた。ペドラス・フォッホは神経ショックを受けたのだ！

「もう一度、訊く」カンタロはいった。「ペリー・ローダンのことだ。かれはわれわれを悩ませている。ペリー・ローダンが通常の経験範囲外の勢力から支援を受けているという兆候に、気づいたことがあるか」

「いいえ」ペドラス・フォッホは答える。

ペリー・ローダンは耳をそばだてた。〝通常の経験範囲外の勢力〟……カンタロはなにをイメージしているんだろうか？　超越知性体〝それ〟のことだろうか？　それとも、コスモクラートか？

「いまから画像を見せる」ナンドロクはつづける。「この生物を知っていたら、わたしにいえ」

箱形の家具の左横で、プロジェクション・スクリーンになにかがうつりはじめた。ここでペドラス・フォッホの記憶が曖昧《あいまい》になったようだ。画像は不鮮明。ヒューマノイドの頭のシルエットに見えるが、顔はグレイ一色ののっぺりとした平面だった。カンタロは堪忍《かんにん》袋の緒《お》が切れたようだ。神経ショックが何度もペドラスに加えられるあいだ、画像は大小に揺れ、震えた。

「知らない、ほんとうだ……」かれはうめき声をあげた。

このショックがかれの記録能力を高めたのだろうか？　カンタロのデスクの左上に浮かぶ画像が突然、きわめて鮮明になった。

ペリー・ローダンは驚いて飛びあがった。かれの叫び声で、狭いラボの壁が振動した。

「ゲシール……！」

彼女だ、まちがいない！　豊かな黒髪がほっそりした端正な顔を縁取っている。目には疲れがあらわれていた。

「おまえはペリー・ローダンと手を組んでいるな！」ナンドロクがどなった。「こいつを知ってるはずだ」

「その女は知らない」ペドラス・フォッホはうめくようにいった。

映像が震えだした。輪郭がぼやけていく。窓の向こうの木々でおおわれた丘が、溶けて緑の縞模様と化した。そして暗くなった。ペドラス・フォッホは拷問の影響で意識を失ったのだ。

ラボの照明が点灯した。ペリー・ローダンは固まったように立ちつくし、直前までホログラムが浮かんでいた場所を、催眠術にかかったように見つめるばかりだった。セッジ・ミドメイズの声がする。その声は遠くから聞こえてくるように思われた。

「もう、おわかりでしょう。なぜ、わたしが記録をあなただけにお見せしたかったか」

「この情報は、わたしの脳のどこか片隅に隠れているかもしれません。でも、自分がこのシーンを覚えているという意識はありません」と、ペドラス・フォッホ。「わたしはゲシールを知らなかったので、カンタロに真実をいったかった。かれは信じようとしなかったんですね」

ペリー・ローダンは硬直状態からもどった。

「ありがとう、セッジ」かれの声は、妙にしわがれていた。「ペドラスの記憶から、ほかにわかったことはないか？」

「まだ大量のデータが残っています」医師は答えた。「ですが、まず解読しないといけません」

ローダンは出口に向かう。

「すこしひとりになりたい」一度、かれは立ちどまり、振り返った。

「きみにも礼をいう、ペドラス。いろいろとつらい目にあわせてしまった。わたしと知り合って、これまでろくなことがなかったな」

「いいえ、わたしはそんなふうに思っていません……」ペドラスは必死に、目の前の悲しく深刻な空気を打破しようとした。

だが、そのときにはもうハッチが開き、ペリー・ローダンは通廊に出ていた。

2

疑問がかれの意識に突き刺さっていた。カンタロはどうやってゲシールのことを知ったのだ？　ペドラス・フォッホの記憶から掘り起こされたあの画像は、どこから手に入れたのか？　ＮＧＺ四四七年のはじめ、ゲシールは惑星サバルから姿を消した。彼女がアトランに残したメモキューブの記録から、コスモクラートの勅使が彼女を迎えにきたと推測される。ペリー・ローダンはその記録を自分の目で見た……それは、かれがハンガイ銀河の最後の四分の一で、アトラン率いるタルカン遠征隊と出会ったときのことだった。

その一年後、巨大なカタストロフィが局部銀河群を襲った。異宇宙から巨大な銀河が遷移したことへの、宇宙の復讐だった。タルカン宇宙からの帰還者は、六百九十五年を停滞フィールドで過ごしたのだ。その間に銀河系と隣接する銀河は百年戦争に見舞われた。一一四四年のいまも、ゲシールの消息は不明のままだ。彼女が理由も告げずサバルを旅立ってから、七百年近くが経過していた。

カンタロはどうやって彼女のことを知ったのだ？

愛する妻の運命、さらに居場所をカンタロから聞き出せるかもしれない。その思いがかれの心で燃えあがり、耐えがたいほどのもどかしさでいっぱいになった。よりによって、いまこのとき、銀河系の最果てにある密林の惑星で身動きがとれなくなっているとは！　かれは薬を投与されていた。自力では心をおちつかせることができなかったから。薬が功を奏し、かれはものごとを冷静に見つめはじめた。いま、かれは無力だ。《シマロン》の修理作業が全精力をかけ、全速力で進められるのを、ただ見守ることしかできなかった。この船が航行可能になったら、抵抗組織ヴィッダーの拠点惑星アルヘナにもどり、カンタロがゲシールのなにを知っているのか、聞き出す方法を探ることができる。とりあえずいまは、冷静な頭を保つことが大切だ。あれこれ考えるのはやめにしなければ。かれには、なにかすることが必要だった。

そんなかれに、レジナルド・ブルが助け舟を出す形となった。グッキーがよく〝ふとっちょ〟と呼ぶこの男は、ペルセウス・ブラックホールへの飛行に向けて、スペース＝ジェット二機を準備するので手いっぱいだった。CIM＝1の艇長は、《シマロン》の首席技師、ヴェエ・ユィイ・リィが引き受けると申し出た。なのでブルはいま、その同行者二名を数百名の志願者から選ぶのにいそがしかった。両機はそれぞれ、三名の乗員で航行することになっている。

「ＣＩＭ＝２の指揮をとれそうな候補者が数名います」多忙すぎるかれは早口でいう。

「この件をあなたに頼んでもいいですか？」

「手いっぱいな者には、いつだって喜んで手を貸すさ」ローダンは冷やかした。薬がかれに、ある程度の明るさを人工的にあたえてくれる。「リストを見せてくれ」

レジナルド・ブルはかれに短い印字フォリオを手わたした。ローダンはそれをちらっと見ていった。

「フェレル・ウバル、かれしかいない」

レジナルド・ブルは驚いた顔でかれを見つめる。

「わたしも同じことを考えましたが」とブル。「かれは唯一の超精密機械エンジニアです。いないと困りませんか？」

「フェレルの専門知識は申し分ない」ローダンはいう。「だが、超精密機械はロボットでもなんとかなる。かれを選んだのは、かれが慎重で眼識があり、危険の瞬間にすばやく対応する力があるからだ」

ブルは納得してうなずいた。

「かれに選ばれたと伝えます。ペリー・ローダンがじきじきに選んだと」

「そうしてくれ。加えて、任務について話がしたいと伝えてほしい。わたしがかれの居室に向かっていると」

フェレル・ウバルの簡素な居室……二部屋と一般的な付属設備があるだけだ……は、下階のデッキのひとつにあった。ウバルはすでにブルから連絡を受けており、ペリー・ローダンが通廊を歩いてきたときには、ハッチを開けて立っていた。背の低いがっしりした男で、おちついた明朗さを感じさせる。仲間をなごやかにするオーラに包まれている……そう、だれかが表現するとおりだった。中年で九十歳前後、若白髪でみごとな巻き毛だった。褐色の目は聡明そうで、鼻はやや低く、唇は薄い。他者と接するときはつねに、ほほえみを絶やさなかった。それはだれが見ても、かれの心からのほほえみ……いいかえれば、いつわりのない笑顔だった。

「あなたの決定をうれしく誇りに思います」ペリー・ローダンが数歩前までくると、ウバルはいった。「すぐに必要な措置をとりました。乗員を紹介してもよろしいでしょうか？」

かれはわきに寄り、ハッチから居室に入る道をあけた。居間は簡素だが、居心地のよさそうなしつらえだった。後方の壁には映像をうつしだすスクリーンがあり、窓のように見える。そのそばに、五脚の椅子と低いテーブルからなる応接セットが置いてあった。椅子の二脚にすわっている者がいる。ペリー・ローダンにはすぐに、それがロニカ・マッセンジルとアルスロープ・ロン＝ソナスだとわかった。ロニカはコンピュータ技術者で、スペシャリストとして高く評価される女性だ。外見は目立たない。太めで魅力に欠ける装いは、お母さんタイプといえる。

アコン人のアルスロープ・ロン＝ソナスは正反対だ。かれはビロードのような褐色の肌と、赤銅色の髪を、最新モードの明るい淡色の服で引き立たせている。かれは装飾品を身に着けることを、男らしくないとは思わない。薄紫のシャツの大きく開いた胸には幾重もの金のネックレスが鈍い輝きをはなっていた。指には高価な宝石をあしらった指輪が光る。かれは自信に欠けてはいなかったが、ひとつだけ悩みがあった。それは、自分が貴族の出自でないことだった。《シマロン》の船内でかれは保守のスペシャリスト。責任を真摯に果たす人物として知られていた。

短くも心のこもった挨拶がかわされる。その間にハッチが閉められた。フェレル・ウバルの顔は輝いていた。

「さあ、わたしの仲間をどう思われます？」かれが訊く。

「いい選択だ」とローダン。「きみは、このふたりが無事にもどってこられるよう、心がけてくれ。きみたちのミッションに、危険がないわけじゃない」

「わかっています」フェレル・ウバルは真剣な面持ちでいった。「でも、すこし用心すれば、カンタロに気づかれずに、ペルセウス・ブラックホールに近づけるはずです」

「そう願っている」ローダンはうなずいた。「今回の作戦の目的はわかっているな？」

「ブラックホール近傍にあらわれる、友好的な存在とコンタクトをとることです」

「とくに対象となるのは、ペルセウス・ブラックホールでの戦闘を生きのびた船だ」

「承知しています」

「コンタクトがあったらすぐに、こちらに誘導しろ」

「わかりました」フェレル・ウバルは請けあった。

ペリー・ローダンはかれに手を差しだし、握手した。続いてロニカ・マッセンジル、アルスロープ・ロン＝ソナスとも。

「幸運を祈る。すぐにまた会えることを願っている」ローダンはいった。

「いつスタートするか、もうわかりますか？」ロニカが明るい声で訊いた。

ローダンはハッチの上に設置された、デジタルクロノメーターに目をやった。午前十時五十八分を指している。

「六十二分後だ」かれは答えた。

＊

二機のスペース＝ジェットは時間どおり、船内時間で正午にスタートした。探知装置がその航行を、艇がメタグラヴ・ヴォーテックスを抜けてハイパー空間に消えるまで追跡した。その直前のことだった。ＣＩＭ＝２からハイパー通信の会話が聞こえてきた。

「心配するな！　きみたちに船を送る。《カルミナ》か《モンテゴ・ベイ》か……」

メッセージが途切れたが、それが意図的なのか、ハイパー空間に突入したせいなのかは断定できなかった。ペリー・ローダンはスタートを司令室から見守っていた。かれには懸念があった。このミッションの計画が適切だったかどうか、急に確信が持てなくなったのだ。《シマロン》は超光速スペース＝ジェットを二機しか搭載していない。それがCIM＝1とCIM＝2だ。二機ともペルセウス・ブラックホールに派遣するのは賢明だったのか？　もっとも、このミッションは十日間の期限つきだ。遅くとも十日後には、両機はもどってくる。乗員は経験豊かな宙航士ばかり。ペルセウス・ブラックホール周辺は危険な宙域だが、ヴェエ・ユィイ・リィとフェレル・ウバルは、あらゆる危険を切りぬけるすべを身につけている。事実を論理的に判断すれば、懸念する理由はない。

それでも、かれの心の不安は完全には消えなかった。最後の瞬間、ペリー・ローダンは二機のうち、片方を呼びもどすことを真剣に考えていた。その考えをかれが退けたのは、心理的な理由からだった。もし引き返すよう命令すれば、かれのリーダーシップの信頼性が疑われかねない。かれはじつは不安だったが、ペルセウス・ブラックホールでの大惨事から数日しかたっていないいま、不安なそぶりを見せるわけにはいかなかった。そんなことをしたら乗員の士気がさがる。それに、予感や心のなかの不安は、決定の根拠としては不適切だ。論理的に考えれば、このミッションは正しく計画されている。この状況では論理的な思考にしたがうべきだ。それ以外は許されない。

ペリー・ローダンは疲労がじわじわとたまっていくのを感じていた。ずっと立ちっぱなしで、どれだけ時間がたったかわからない。だがこれで薬の助けがなくても、きっと眠れる。二機のスペース＝ジェット、CIM＝1とCIM＝2がハイパー空間に姿を消してから半時間がたっていた。司令室にはかれとレジナルド・ブルしかいない。そのときかれは、惑星シシュフォスに着陸する前から考えつづけていた問題を追及する、最良の機会が訪れたと感じた。自席にただ無為にすわり、修理ロボットの活動をうつすモニターを興味なさそうに眺める友のほうを向いた。

「われわれはどうやって、ここにたどりついた、レジナルド？」かれは訊く。

この質問はブルには意外だったことが、かれの顔に見てとれた。

「どうやって、ですか？」かれは訊きかえす。「オートパイロットが危険な宙域からわれわれを、ここに連れだしてくれたんですよ。もし、あなたの質問の意味が……」

「意味を説明させてくれ」ペリー・ローダンはさえぎった。「シントロニクス結合体はあらゆる緊急事態で、あらかじめプログラミングされた指令を出す。それは、船をできるだけ迅速に安全な場所に移すための指令だ。オートパイロットはこの結合体のサブシステムだから、まさにその指令を実行したわけだ。われわれは操縦に関与する必要はない。オートパイロットがメタグラヴ・ヴォーテックスを発生させ、《シマロン》をハイパー空間へと導く。そこまではいい。だが、なぜよりによって、このメガイラ星系を目的地に選んだんだ？」」

レジナルド・ブルは考えこんだ。やがて、こういった。

「興味深い質問ですね。答えはわかりません。シントロニクスに訊いてみましょうか？」

「いい考えだ。シントロニクス？」

「なんでしょうか」シントロニクス結合体の、人工的だが人間的にも響く声が答えた。

ペリー・ローダンが質問を伝える。

「今回の航行目的地に関する決定は、そのときどきで重要となるすべてのファクターを考慮したうえでくだしました」シントロニクスはそう答えたが、もっと堅苦しくない、ユーモアさえ交えた回答も可能だった。だが、有機体の感情の動きを察する能力をもつシントロニクスの生物的要素が、ローダンの質問に技術的・客観的な表現方法で対応するようながしたのだろう。「グリゴロフ・プロジェクターの作動のようすから、機能不全を認識しました。いつ機能を失ってもおかしくなかったため、逃走先の距離が遠すぎることは許されなかった。オートパイロットは航法記憶バンクを調べて適切な目的地の座標を探し、われわれがハイパー空間からあらわれた地点のデータを見つけたんです」

「恒星や惑星から遠く離れた、自由空間のどこかのポイントでもよかったのではないか？」ペリー・ローダンは訊いた。

「理論的には可能です」答えが返ってきた。「船を救うことが、なにより優先されます。宇宙の任意のポイントに着陸するだけで救助がかなうなら、オートパイロットはそこを目的地に設定します。ただ、その次に優先される要件は、目的地が地球に似た惑星を持つ星系の近傍にあることです」

「なるほど！　メガイラ星系は、地球に似た惑星があるから選ばれたというわけか？」

「そういうことです」

数秒間、沈黙がつづいた。レジナルド・ブルはペリー・ローダンの質問の意図を察したようだ。かれの顔に緊張がはしった。

「メガイラ星系はわれわれの星表には記載されていない」ローダンはいった。「オートパイロットは航法記憶バンクのどこで、メガイラ星系の座標を見つけたのだ？」

「わかりません」シントロニクスの人工の声は答えた。

＊

ペリー・ローダンは五時間、深く眠った。夢も見ず……すくなくとも、かれが目ざめたとき、夢は覚えていなかった。船載クロノメーターは十八時を指している。《シマロン》が駐機する惑星シシュフォスでは正午になったばかりだった。

ローダンはシントロニクスから状況報告を受けた。修理作業は計画どおりに進んでいたものの、船の最終的な復旧のめどは立っていなかった。現在、船外に小型の核合成施設を設置する準備が進められている。必要な材料があるのだが、それをこの惑星で調達しようとすれば、鉱層から苦労して採掘するしかなかったためだ。

司令室ではレジナルド・ブルが根気強く、惑星シシュフォスの調査の準備を進めている……もう三十五時間も作業をつづけているが、まだ行動意欲にあふれていた！　状況報告によれば、この調査には《シマロン》の速度が異なる五機の亜光速搭載艇のうち、三機を使用することになる。ブルは自分よりもやり方がうまい、とローダンは思った。予備をきちんと確保しているから。

搭載艇には調査をより有効に実施できるよう、測定や検査用の機器が追加で搭載された。シントロニクス結合体が航行ルート図を作成する。この調査ができるだけ効率よく進められるようにするためだ。各艇につき乗員は二名。二機の乗員はすでに決定されている。

ペリー・ローダンが司令室を呼びだした。ブルがすぐに応答する。着信識別機能によって、発信者がローダンだとわかったからだ。

「第三の搭載艇にはわたしが乗る」かれはいい、気を遣ってつけ加えた。「もしきみの都合がよければだが。わたしはきみの船のなかではゲストにすぎないから」

「なにをおっしゃる」ブルは応じた。かれの目は赤く充血し、顔色はグレイにくすんでいた。かれはいそがしさでハイになっているようだ。疲れ果てると、がんばりつづけるために気分を上げる必要がある。「だれを同行させますか？」

「ララだ」

ブルは目を見開いた。

「ララですって？」

「聞こえただろう。きみはぶっ倒れないように、数時間でも寝たほうがいい。すこし休め」

レジナルド・ブルは近くの安楽椅子に身を投げ出した。記録機器を制御するサーボが、かれの動きを追う。

赤毛の短髪男は額の汗をぬぐった。

「いい案ですね」かれはほっと息をついた。「なぜわたしは休もうと思わなかったんでしょう？」またすぐにかれは真剣な顔になる。「イアン・ロングウィンが十八時半から勤務につきます。まだ数分あるので、ララに連絡を……」

「わたしにまかせてくれ」ローダンはいい、連絡を中断させた。

かれはラランド・ミシュコムの居室に着いた。彼女はかれの提案を聞くと、驚くと同時にうれしそうだった。搭載艇の船首格納庫で会う約束をし、二十分後にはふたりはスタートしていた。

《シマロン》の司令室でララと呼ばれる彼女は、通常の服装にもどっていた。不格好なぶかぶかの服を、豊満なからだにだらしなくまとっている。しかもそれは、半年前から洗っていないかのように見えた。ラランドは長身で……正確には百七十九センチメートル……魅力的であることに異論の余地はない。四十五歳とまだ若く、身だしなみがこれほどだらしなくなければ、驚くほど美しかったことだろう。すくなくとも十五キログラムは太りすぎていて、すこしでも速く動くと、腹まわりの脂肪が波打つように揺れた。長い黒髪をオールバックにとかしつけている。目は大きくて黒に近く、肌色は地中海沿岸地域の出自を思わせる。ララは生粋《きっすい》のテラナーだ。エルサレム生まれと称し、みずからを〝野生種の雑種であり、先祖は欧州、南インド、アフリカ南部、モンゴルを起源に持つ、グローバルなテラナー〟と呼んでいた。不潔な外見ながら、彼女は第一級の航法士で広範な一般・専門知識を備えている。すぐれた、しばしば意味深長なユーモアのセンスもあった。得意技は格言。四人の曾祖父のなかのひとりから授かったもので、古きアフリカの狩猟民族の知恵がそこに表現されているという。実際には彼女がみずから考えだした〝格言〟で、センスのかけらも感じられないものばかりだった。

搭載艇……名称はチャーリー＝2……はシントロニクスが算出したルート図にしたがって航行する。オートパイロットが艇を操縦するので、ふたりの乗員は操縦には関与しない。チャーリー＝2は機首を南へ向け、高原から急角度で切れおちる稜線《りょうせん》をこえると、海へ向かう針路をとった。海は赤道付近で八百キロメートルにわたる海峡となって、この惑星のおもな大陸をふたつに隔てている。

ふたりのあいだにこれまで会話はほとんどなかった。だが、艇が海岸線をあとにして三千メートルに高度を上げたとき、ラランド・ミシュコムがたずねた。

「なぜ、シシュフォスの探査なんて面倒なことをするんですか？」

「いつものことだ」ローダンは答える。「われわれが着陸した惑星はすべて探査する。その着陸が自主的か否かにかかわらない。宇宙の存在形態に関する情報を収集し、豊富な情報から学ぶのだ」

「それはあなた自身の言葉ですか、それともなにかの教本の言葉ですか」ラランドは訊いた。

「わたし自身の言葉だ」

「あなた自身……あなたはこの惑星でなにが見つかると期待していますか？」

「とくに期待はしていない。シシュフォスは非常に古い。この惑星で何百万年、いや何十億年も前に、高度な文明が発達していた可能性もある。その痕跡が見つかるかもしれない」

ラランドはしばらく黙りこんだ。ふたたび口を開いたとき、彼女は話題を変えた。

「わたしたち全員、ペドラス・フォッホの記憶解剖の話を聞いています」彼女はいう。「こんな形でゲシールの消息を知ることになって、お気の毒です」

ペリー・ローダンは不快感をおぼえた。記憶解剖の結果を知られたくはなかった。だれがしゃべったんだろう?

「この話はいやでしたか?」ラランドは心配そうに訊いた。

「この件が広まってほしくはなかったが」とローダン。「広まってしまった以上、だれが話してもいっしょだ」

ラランドは考えこむようすだった。

「ゲシールが恋しいでしょうね」彼女がとうとう切りだす。

「妻が恋しくない男がいるか?」

ラランドはため息をもらす。

「それならこんどはわたしが訊くが」とペリー・ローダン。「きみはずっとひとりなのか?」

「いいえ」彼女は激しく首を振った。「でも、かれはわたしを見捨てたんです」そして拒絶するような身ぶりをした。「いつかまた、この話をするかもしれません。どうせ、何世紀も前に死んでしまった男ですが」

彼女はこの話題がいやだったようだ。やにわに身を乗りだし、前方の窓をのぞきこんだ。

「おや、あれはなんです？」彼女が呼びかける。「もう南大陸に着いたんでしょうか？」

ローダンは探査機のスイッチを入れた。南大陸の海岸線が画面の上端に浮かびあがったが、まだ五百キロメートル以上、離れている。画面の中央付近には、かなり大きな島の輪郭が長くのびているのが見えた。

「なんだ」ラランドはすこしがっかりしたような声を出した。「もうだいぶ飛行したと……」

あわただしい電子音が、彼女の言葉をさえぎった。いくつもの表示装置を備える計器盤の上に、ちいさな画面があらわれた。同時にオートパイロットが話しはじめる。

「いま接近中の島には、自然発生したものではない物質が蓄積しています。データ画面に暫定的な分析結果を表示します」

画面に化学記号があらわれた。H、C、N、O、Mg、Fe、Ni、Ag、Au。それぞれが占める割合をしめす、百分率も表示されている。

「分析！」ローダンは要求する。「これらの成分を合成すると、どんな物質ができる？」

「異星の技術はわかりかねます」オートパイロットは答える。「でも、いわゆるポリマーメタルである可能性が高いです」

ローダンが横にいる女性に送った視線は、明らかにこういっていた。〝やっぱりだ!〟オートパイロットは命令を受けた。

「着陸しろ!」

＊

島は長方形に近い形で、長さが百八十キロメートル、幅が二十キロメートル。丘陵が多く、樹木が密に茂っていた。チャーリー＝2は長方形のほぼ中央にある地点をめざす。艇はいま、異星らしい植生が生い茂る、小高い丘に囲まれたくぼ地のわずか上空に浮かんでいる。

「くぼ地の底部に異物が集積しています」オートパイロットの人工の声がいった。「そこに着陸しますか?」

「そうしてくれ」とローダン。

艇がゆっくりと高度をさげるあいだ、ローダンはラランド・ミシュコムに、土着生物がいかに危険かを説明しようとする。

「セランのヘルメットは閉じたままにしよう。ピコシンはいつでも個体バリアを作動できる。動物も植物も信用ならないから、つねに油断するな。まわりに注意しろ」

ラランドは、はねつけるような身ぶりをする。

「わたしはアフリカのジャングルで育ったんです」彼女は軽い調子でいった。「そう簡単には動じませんよ」

「きみはエルサレムで育ったんだとばかり思っていた」ローダンは驚いていった。

彼女はかれを真剣な目で見つめると、こういった。

「賢くなりすぎないように気をつけろ、どんな人にも日は照るのだから」

「古いアフリカの格言か？」

彼女は明るく笑った。

「もちろんです。ほかの格言は知りません」

艇はくぼ地の底の近くに着陸した。周囲の植生を見ると、マングローブのような支柱根を持つ植物が多い。空気は動かない。昼さがりの恒星が、ほぼ雲ひとつない空に輝いている。恒星がはなつ赤みを帯びた光が、この景色に異様で不気味な雰囲気を漂わせる。朝の嵐の時間が過ぎ、暑かった。艇外の温度計は三十四度を指している。

ラランド・ミシュコムとペリー・ローダンはエアロックを出た。セランのヘルメットは閉じたまま。完全な出動態勢だ。くぼ地のもっとも深い地点までは、まだ八十メートル近くある。ローダンは支柱根植物の密生した葉のすきまから周囲をうかがい、くぼ地の底に、ちいさく整然とした形で盛りあがった小山があるのを見つけた。底面は円形で、高さは三メートルほどしかない。

「あそこだ。まちがいない」かれはいった。「わたしを先にいかせてくれ」

藪のなかを進んでいくしかない。外側のマイクロフォンから、虫の羽音や、梢のはるか上空を飛ぶ鳥の甲高《かんだか》い鳴き声が聞こえてくる。高度に進化した動物は存在しないようだ。空気がよどんでいる。くぼ地には午後のそよ風も流れてこない。

植物はふたりにやさしかった。その枝は容易にかき分けられる。ペリー・ローダンは一度、なにかに不満な赤ん坊が泣きわめくような声が聞こえたと思い、立ちどまった。

「聞こえたか？」ローダンが訊いた。

「赤ん坊の泣き声のことですか？」ラランドは答える。「ワオキツネザルの鳴き声のように聞こえます。近くにその種の動物がいるんでしょう」

ラランドがワオキツネザルのことをどれだけ知っているかは不明だったが、その説明はかれを納得させたようだ。かれは先を急ぎ、数分後には小山の前に立っていた。小山は木々が開けた場所にあった。この場所では、支柱根は植物体を支えられなかったようで、あたりには背の低い植物しか生えていない。

「なかになにが潜んでいるか、探す手段はひとつだけだ」ペリー・ローダンはいうと、ホルスターからコンビ銃をとりだした。

かれは銃を分子破壊モードにセットし、広角ビームに切り替えた。引き金を引くと、鈍い音が鳴り響き、植物に囲まれた小山の表面と周囲の植物が、数平方メートルにわたってグレイがかった褐色の靄と化し、ためらいがちに空へとのぼっていった。

「あった！」ラランド・ミシュコムが興奮して叫んだ。

かれもそれを見ていた。分子破壊ビームが消し去った土の層の下に、たくさんの亀裂や溝が入った褐色の塊りがあらわれた。それは溶解した物体のように見えた。ここにはかつて建物があり、その外壁がポリマーメタルでできていたのかもしれない。なんらかの大災害で壊滅し、外壁が溶解したのだ。

ペリー・ローダンはまだ武器を手にしていた。コンビ銃は依然として分子破壊モードにセットされている。ローダンはニードルビームに調整する。ビームが褐色のポリマーメタルをせっせと切りだし、数秒後にはこぶし大の試料が溝だらけの表面から採取された。ローダンは試料を手にとった。それはこの種の材料らしく、軽量で比重がちいさい。切り口は銀色に光っている。

「これをラボにまわせば、なにかわかるだろう」かれは満足そうにいうと、試料の破片をセランの数あるポケットのひとつに滑りこませた。「すくなくとも、年代の特定は……」

「気をつけて！　うしろ！」ラランドの鋭い声がヘルメット通信に響いた。

かれは急いで振り向いた。支柱根植物のひとつが土から根を抜き、ぎこちない動きで近づいてくる。だが、かれはその場を動かない。武器はホルスターにしまったままだ。植物がどんな意図で近づこうとも、なにもできやしないから。セランが危険のわずかな兆候にも反応し、展開する個体バリアは、葉や枝を通しはしない。ラランド・ミシュコムは事態をそうは見ていなかった。かれがあたえた警告が、彼女に恐怖心を植えつけすぎたのかもしれない。

「伏せて！」彼女は叫んだ。「わたしが地獄に吹き飛ばします」

かれは地面に伏せた。ラランドが発射したビームがかれの頭上を通りぬける。炎のマントが植物を包みこみ、数秒で灰と化した。ペリー・ローダンは跳ね起きた。

「いまのはまずかったぞ」かれは立腹していった。「防御バリアがあれば……」

かれの言葉がとまった。くぼ地を壁のようにおおう森が動き出したのだ。数十、数百の植物が地面から根を抜き出し、たったいま仲間を焼き殺した異人を攻撃しはじめた。ローダンは危険を察知した。一本の植物なら個体バリアで防御できるが、森全体が襲ってきたら勝ち目はない。

あたりは突然、鳴き声のような音でいっぱいになった。やはり、ワオキツネザルではなかったのだ。ローダンは怒りつつ考えた。音を出しているのは植物だ。意思の疎通なのか、それとも、ただ怒りを爆発させているのだろうか？　それを調べる時間はもうない。

「グラヴォ・パック！」かれは叫んだ。「艇にもどれ！」

ラランドもそのときには危険を察知していた。ふたりは弾丸のようにすばやく浮きあがった。植物の進撃がとまる。かれらがどのような知覚機構をもつのかは不明だが、敵がかれらから離れようとしていることはわかったようだ。植物軍勢に混乱が生じたが、それも数秒のことだった。支柱根植物たちは、逃亡者がどこに向かっているかを察知し、艇を包囲しはじめた。

ペリー・ローダンは滑空しながら、ラランドに近づいた。彼女はまだ武器を手にし、いつでも撃てる状態だった。

「あと一度でも引き金を引いたら、きみをここに置き去りにするぞ」とローダン。「銃はなくても大丈夫だ」

かれはセランのピコシンに短い命令を告げた。ピコシンがチャーリー＝2のシントロンと連絡をとると、エアロックの外側ハッチが開いた。ペリー・ローダンはグラヴォ・パックのベクトルを急降下に設定し、ラランド・ミシュコムもそれにならう。もっとも高い植物のてっぺんから五メートル上方にいたふたりが、異星の植生の藪のなかに飛びこんだ。大小の枝が触手のようにかれらをつかもうとする。だが、大半はこの作戦を想定していなかったため、あっけにとられ、異人を捕まえようとする植物は多くはなかった。その枝葉も、個体バリアの最外層で焼け落ちた。支柱根植物たちはもう、体系的な集団作戦はとれなくなった。

ラランド・ミシュコムが先に、エアロックの開いたハッチに飛びこみ、ペリー・ローダンも数メートルあとから彼女につづいた。

「スタート！」かれはヘルメット通信のマイクロフォンに叫んだ。

ヘルメットが開いて折りたたまれ、セランの襟リングに収納された。ローダンは艇が地面から離れるのを、機体の振動で感じた。機体の外殻をひっかいたり、こすったりする音がする。植物の触手がチャーリー＝2の脱出をはばもうとしているのだ。

エアロックから司令コクピットにつづく通廊は数メートルしかない。ローダンは手近なシートにすわった。すこししてラランドもあらわれた。彼女もヘルメットを開けていた。気まずそうな顔つきだった。

「すみませんでした」と彼女。「いまにして思えば、あの行為は賢明ではなかったです」

かれはすぐには返事をしなかった。艇はいま、数百メートルの高度に達し、東へ向かっている。二名のテラナーがあやうく怒れる植物軍勢の犠牲になるところだったくぼ地は、もう見えない。

「異生物を必要もなく殺すものではない。それがたんなる植物であってもだ」ペリー・ローダンはいった。「必要はなかった。エネルギー・バリアが守ってくれたはず」

「それはわかっています」とラランド・ミシュコム。「でも、あなたが襲われると思ったから……」

彼女は口ごもった。かれは彼女の手に触れた。

「もう説明しなくていい」かれはやさしくいった。「終わったことだ。大きな損害もなく切りぬけられたのだから」

ラランドはうなずいた。かれは大まじめな顔で彼女を見た。

「もし、こんどきみがワオキツネザルなどといいだしたら……」

ラランドはほほえんだ。

「わかっています。わたしをどこかに置き去りにするんですね」

「覚悟しておけ」かれはポケットに手をやると、くぼ地の底の小山から採取した、ポリマーメタルの塊りをとりだした。「すくなくとも、われわれには〝これ〟がある」かれは満足そうな口調でつづけた。「分析官がなんというか、楽しみだな」

3

針路を変更し、《シマロン》の着陸地点にもどるよう告げると、チャーリー＝2のオートパイロットはすぐに指示にしたがった。南大陸への飛行はひとまずおあずけとした。ペリー・ローダンは発見物をラボに運ぶほうが重要とみなしたのだ。遠く過ぎ去った時代の文明の遺物を発見したことが、かれのなかの考古学への関心を目ざめさせた。溶解したポリマーメタルのこぶし大の塊りが、かつて惑星シシュフォスにいた住民についてなにを教えてくれるのか、どうしても知りたかったのだ。

だが当面、かれはこの件ばかりにかまけてはいられなくなった。艇が船首部にある搭載艇の格納庫に駐機し、エアロックのハッチが開いたその瞬間、船内インターカムが鳴った。

「ペリー・ローダン、司令室までお願いします」

かれはラランド・ミシュコムに発見物を手わたし、物理化学ラボに届けるよう頼んだ。

司令室ではイアン・ロングウィンがかれを待っていた。この《シマロン》の首席操縦士は、いつにもまして深刻な表情で、目が懸念を伝えている。

「レジナルド・ブルの指示で、われわれは航法記憶バンクから情報を抜き出そうとしていたんですが」かれは話しはじめた。

想像するだけで気が遠くなりそうだった。記憶バンクには何十億バイトもの航法データが含まれている。銀河系が宇宙飛行で知りえたあらゆる惑星、あらゆる物質の集合体……オリオン星雲の光るガスの塊りから、プロヴコン・ファウストと呼ばれる暗黒星雲まで……が記録されていた。この膨大なデータをそんなに短時間で選別するのは、人間にはむりだ。シントロニクス結合体がみずからの記憶データを精査する必要があった。なぜ、レジナルド・ブルはこの作業を命じたのか。その理由は明らかだった。かれはオートパイロットが大破した《シマロン》を、メタグラヴ・ヴォーテックスを通って航行させたさい、向かった座標を知りたかったのだ。

ペリー・ローダンは入室してから、イアン・ロングウィンが司令室にひとりきりだと思っていた。いま、華奢《きゃしゃ》な姿に気がついた。技術機器や壁に沿って並んだ作業スペースから離れ、椅子にくつろいですわっている。アンブッシュ・サトーだった。かれの存在は、ペリー・ローダンにとっては、イアン・ロングウィンがなにか深刻で不可解なことを伝えようとしている合図だった。この超現実学者は腹の上で両手を組み、目を閉じている。自分自身と世界に、穏やかに対峙《たいじ》しているようだった。

「結果はどうなった？」ペリー・ローダンは訊いた。

「オートパイロットが確認したはずのデータが、存在しないんです」ロングウィンが答える。「記憶バンクのどこにも見つかりません」

〝瞬間切り替えスイッチ〟も啞然とする事実に、ローダンは一瞬、言葉を失った。

「そんなはずはない！」かれはやっと声を絞り出した。「オートパイロットがそうした状況でデータを探すために使用するアルゴリズムを追跡すればいい。見つかるはず……」

「もうすべてやりました、ペリー」イアン・ロングウィンがいう。「オートパイロットがアクセスしたという、記憶バンクの領域はすべて空《から》です」

背後で短くかすかな音が響いた。ふつうの姿勢になるよう、アンブッシュ・サトーが椅子にすわりなおしていた。

「もちろん、シントロニクスにもたずねましたが」かれはいった。「説明できませんでした。アルゴリズムに不具合はない。オートパイロットは正確に計算した。それなのに、メガイラ星系のデータをオートパイロットが見つけた領域にはいま、なにも存在しないんです」

「それはつまり、どういうことなんだ？」ペリー・ローダンは当惑して訊いた。

「コンピュータ・ウイルス。それが考えられる唯一の答えです」イアン・ロングウィンが答えた。「ウィルス壁が原因ではありません。ヴィッダーがアンチウィルス・ソフトウェアを提供してくれてからは、万全の対策がとれています。数カ月間なんらかのプログラムエラーが潜んでいて、それがいま、表面化したんです」

「きみはどう思う、サトー」

小柄で頭の大きいこの超現実学者は、肩をすくめて手をあげるだけで、答えなかった。

「当時の状況をシミュレーションしたか？」ローダンは訊いた。

「記録をとりだして、シントロニクスに当時、起きたことを再現させたんです」とロングウィン。「すべてプログラムどおりに進行しました。オートパイロットは航法記憶バンクをくまなく調べ、条件を満たす座標を見つけました」

「どこにわれわれを連れていくことになった？」

「ヴァアトレン星系、ペルセウス・ブラックホールから千三百十光年の距離です」

「千三百十光年か」ペリー・ローダンは、この数字に特別な意味があるかのようにつぶやいた。

アンブッシュ・サトーが立ちあがっている。

「真の問題はなにか、あなたはおわかりですよね？」かれはいった。「航法記憶バンクのデータがどう消えたのかは興味深いし、たしかに知りたい。だが、はるかに重要なのは、そもそもどうやって記憶バンクにデータが入りこんだのか、ということ。われわれのどの星表にも記録されていない星系のデータが……」

「ずっと考えているんだが」とローダン。「オートパイロットはほんとうにわれわれをメガイラ星系に誘導したかったんだろうか。もしそうなら、なぜ《シマロン》は、メガイラ星系から五光年以上も離れたポイントに復帰したんだろうか」

「考えてみる価値がありますね」超現実学者はいった。「あなたに注目してほしい現象が、もうひとつあります」

イアン・ロングウィンはすでに席をはずし、司令コンソールで作業をはじめていた。ローダンは、サトーが首席操縦士に聞かれないようになるまで待っていたことに気づいた。

アンブッシュ・サトーはいわくありげな表情だった。

「それはなんだ？」ローダンが訊く。

「わたしが見つけたある現象ですが」超現実学者は静かにいった。「その重要性はわたしにもまだ、はっきりしていません。あなたは知っておくべきですが、ほかの者には知らせないほうがいい。説明のつかない現象は、経験を積んでいない者に不安を感じさせる。いまはみな、そんな不安に耐えられる状況にありません」

イアン・ロングウィンも〝経験を積んでいない者〟に含めるアンブッシュ・サトーの考えは、ちがう状況ならおもしろい話だろう。だがいまは、おもしろがっている場合ではない。

「聞かせてくれ」ローダンは待ちきれないようすでいった。

超現実学者はローダンの声に、ややいらだった響きがあるのを聞き逃さなかった。

「なぜ、わたしがこの情報をこれほど慎重にあつかうのか、すぐにわかるでしょう」かれはいう。「すこし前に、わたしはあらたな実験をはじめたんです。そのために超高周波ハイパー放射用のトランシーバーを作成しました。この機器は、われわれの技術がこれまで対応していなかった波長領域で作動するんです。ところが、この分野の研究をすでに進めている者がどこかにいるようでして」

「超高周波信号を受信したんだな?」とローダン。

「そういうことです」アンブッシュ・サトーはうなずく。「従来の意味での通信ではないと思います。大半はたんなる搬送波。不規則な間隔で、短い複雑なパルスセットが届くんです」

「どこからだ?」

「そこなんです! 等方性のビームがあらゆる方向から、同一の弱い強度で届くんです。送信者は突きとめられていません」

ペリー・ローダンは考えこんだ。かれは《バジス》がローランドレの関門を突破したころから、この超現実学者を知っている。アンブッシュ・サトーはこの情報を伝えるタイミングを慎重に選んだはず。かれのすることに偶然はない。

「つまり」とローダン。「きみは、航法記憶バンクの欠落は、超高周波ハイパー放射に関係しているという見解だな?」

「見解というより、予感ですが」超現実学者は答えた。「コンピュータ・ウイルスではないとわたしは思うんです。われわれのソフトウェアは何度も検証を受けているので、ウイルスが仮に存在するとしても、それが侵入したら、とっくに気づいているはず。いま、説明のつかない現象がふたつあります。記憶バンクからのデータ消滅と、不可解な超高周波ハイパー放射の出現です。このふたつが時間的に一致していたら、因果関係があるかもしれません。いまのところ、報告できるのはここまでです」

ペリー・ローダンはうなずいた。

「この件をよく調べてくれ」かれはいった。「きみのいうハイパー放射がずっと存在していたとして、それがこれまでまったく気づかれなかった確率はどのぐらいだと思う?」

「不可能に近いです」アンブッシュ・サトーは迷うことなく答えた。「われわれがまったく使ったことがなく、実験したこともない周波数領域……十の十五乗ヘフをこえるビームであることは確かです。それでも、ほぼ確実にだれかがどこかで、この現象に気づいたはずです」

「つまり、きみはその放射は最近はじめて出現したという考えだな？」

「おっしゃりたいことはわかります」超現実学者はほほえんだ。「この放射をカンタロが発生させた可能性はあると思います……われわれのあずかり知らない目的のために」

「だからこそ、きみには引きつづきこの件を調べてもらいたい」ペリー・ローダンはいった。

＊

数日が過ぎた。ローダンがチャーリー＝2での最初の飛行で持ち帰ったポリマーメタルの塊りは、分析の結果、千五百万年から千八百万年も前のものだとわかった。材料の組成から、これが製造された文明は、驚くほど高度な技術レベルに達していたと推測された……そのレベルの高さたるや、銀河冶金学もまだ、いまは資料庫に置かれたこの塊りから学ぶものがあるほどだという。

だが、その高度な技術も、当時のシシュフォスの住民にはほとんど役にたたなかった。試料には、放射線の影響を受けた明らかな痕跡があった。赤道海域の島でペリー・ローダンとラランド・ミシュコムが発見した建物は、核爆発の熱で溶けていた。古代シシュフォス人は核兵器戦争で殺し合ったか、宇宙から攻撃を受けて滅亡したようだ。

なぜなら、島で見つけたものは単発的な事例ではないことが、これまでに明らかになったからだ。複数の搭載艇がこの惑星の探査を続け、北大陸はすみずみまで調べつくされた。その結果、さらに十二の異なる場所で、太古の文明の残骸が見つかった。そのすべてに、明らかな核による殲滅《せんめつ》の跡が認められたのだ。

一方、別分野ではセッジ・ミドメイズが引きつづき、ペドラス・フォッホの記憶解剖で暴露されたデータの解読にとり組んでいた。作業は難航している。かれの見解では、ペドラス・フォッホがカンタロの捕虜になっていたあいだ、精神物理学的な処置を受けていたことに疑いの余地はない。かれは多くのことを聞き知っていたが、その記憶はすべて、ウウレマの収容所に移送される前に消去されていた。この処置の影響は、かれの記憶の断片によって異なる形で認められた。ゲシールの画像があらわれた尋問の記憶は、下意識の表層近くにあったが、そのほかの記憶はより深いところに埋没している。それでもセッジ・ミドメイズは楽天的だった。そのうちすべてのデータを解読できる、と。だが、それにどれだけ時間がかかるかは、かれにも見当がつかなかった。

その間、グッキーもかつての〝ドレーク〟メンバーの件にとり組んでいた。ペドラス・フォッホとグッキーは、〝ゴビ〟と呼ばれる惑星でカンタロ、すなわちダアルショルの捕獲作戦を展開して以来、良き友となっていた。フォッホの同意を得て、ネズミ＝ビーバーはかれの思考を読もうと試みた。だが、かれが捕虜だったときにカンタロが遮断した思考は、グッキーにも暴露することはできなかった。セッジ・ミドメイズが記憶解剖のデータを解読するまで、待つしかない。

南大陸の上空では当初、かぎられた数の探査飛行しかおこなわれていなかった。北大陸の解明が充分に進んだことから、今後は赤道の南に位置する大陸の探査に専念することになり、三機の搭載艇がこの任務に当たった。南大陸は面積が三千二百万平方キロメートルで、アフリカ大陸に近い大きさがある。

ペリー・ローダンがその朝、はじめて《シマロン》の司令室を訪れたとき、レジナルド・ブルとラランド・ミシュコムが勤務中だった。外は暴風雨。朝のレテ高原ではいつものことだ。ローダンが挨拶をするかしないかのうちに、シントロニクスが警報信号を鳴らし、テレカムが大声を響かせた。

「こちら、チャーリー＝3。メーデー！　メーデー！　墜落する！」

ペリー・ローダンがだれよりも早く反応した。近くのサーボが合図を理解し、マイクロフォンの発光するエネルギーリングをかれに近づけた。シントロニクスはその知性で、ローダンが話したい相手がわかっていた。

「こちら、ローダン。チャーリー＝3、どんな状況だ？」

「地上のある場所から砲撃されました」あわてた声で応答があった。「エネルギー・バリアなしで飛行していたので、直撃でした」

「まだある程度、まともな不時着ができそうか？」

「大丈夫です。着陸はできますが、自力で離陸するのはむりです」

「迎えがほしいということだな？」

「そういうことです」

「それなら最初からそういえ！」ペリー・ローダンは怒ってつぶやくと、接続を切り、サーボに訊く。

「不時着地点は探知できるか？」

「はい」

「どの艇がスタートできる？」

「チャーリー＝２です」

「着陸地点の座標を、チャーリー＝２のシントロンに転送しろ。不時着する艇が砲撃について記録し、伝えてきたすべてのデータもだ」

「完了しました」

「ロボットも五体、連れていく。万能型のものだ。すぐに艇に乗せろ。数分後にスタートする」

「手配完了です」

「みずから、この件に対応するつもりですね？」レジナルド・ブルがいった。

「そうだ」とローダン。「われわれの艇を砲撃してきた場所に興味がある。もしそれが、われわれが遺跡を見つけた文明の産物なら、千五百万年から千八百万年を経てもまだ、火器が機能するしくみを知りたい」

ラランド・ミシュコムの顔にやさしい微笑が浮かんだ。だが、ララの視線はローダンを通りすぎた。メイン・ハッチが開いたのだ。それに気づいたのは彼女だけ。出入口に立っていたのはエイレーネだった。彼女は会話の最後の部分を耳にしていた。

「わたしも連れていって、ペリー」彼女が頼んだ。

かれは一瞬、ためらったが、すぐにうなずいた。

「いいだろう。いっしょにいこう」

*

チャーリー＝2はシントロニクス結合体とつねに連絡がとれる状態だった。オートパイロットには、チャーリー＝3が南大陸のジャングルのなかの問題の地点に、どの角度から接近し、どの高度で移動したかがわかっている。シントロニクスはオートパイロットに対し、艇が未知の火器の目標捕捉範囲よりも下を無事に通過できるよう、指示を出した。

艇は高度をさげ、森の林冠のすぐ上を時速五十キロメートルほどで航行し、チャーリー＝3が不時着した地点をめざした。着陸地点はなんなく見つかった。この艇は森に、遠くからでも視認できる穴を切り開いていたから。艇は下草のなかに斜めに横たわっていた。二名の乗員……テラナーの男女……は分子破壊装置をもちいて藪をガス化し、ちいさなあき地をつくっていた。

ローダンが乗った艇は問題なく着陸した。ロボットたちがエアロックから屋外に出て、砲撃を受けた艇体の損傷を調べる。乗員との短い会話で、砲撃が墜落地点のすぐ東側からだったことが明らかになった。ローダンは接近中、どこにも砲台らしきものを確認できなかった。鬱蒼とした森のなかに隠れ、見えなくなっていたからだ。

ロボット一体がローダンのもとへ浮遊してきた。

「エンジンの区画がひどくやられています」ロボットが伝える。「修理には専門のロボットが必要です」

「すぐに呼び寄せろ」ローダンは命じる。「砲撃はどんな武器だった？」

「サーモ・ブラスターです。命中範囲は温度がいっきに一万二千度近くに達し、その範囲の材料は爆発的にガス化しました」

「きみたちの一体がここに残り、専門ロボットの到着を待て」ローダンは決断した。「あとの四体はジャングルに道を開く。目的地はわかっているか？」

「八百メートル先に、合成物質の濃度が高い地点が探知されました」ロボットは答える。

「そこをめざそう」ローダンはうなずいた。「進め！」

ロボットたちは人工重力フィールド上を浮遊しながら横一列に並んだ。中央の二体がさっそくジャングルの密に絡み合う植物を分子破壊装置で焼きはらい、道をつくっていく。その左右の両ロボットは側面から防御する。未知の砲撃施設がどのような自衛手段を持つのか、だれにもわからない。両端のロボットは、異常なエネルギー活動の兆候に気をつけるよう、指示された。

なにごともなく前進する。ロボットたちが探知結果を矢つぎばやに伝えてくる。古い施設はその大半が地下にあるようだ。地表には不規則な形状のポリマーメタルの塊りしか見えない。その高さは五メートルもないため、植生にすっかりおおわれていた。地下には数々の空洞がある。それらは一ヘクタール以上にわたって点在し、八十メートルの深さに達していた。その空間のほとんどは、一部が無定形物質で埋めつくされている……おそらく、天井が崩落したものだろう。一方、地下十メートルの深さに長い通廊があるのが確認されたが、意外なことに、そこにはまったく瓦礫《がれき》がなかった。

ペリー・ローダンとエイレーネは、ロボットたちが通った跡を移動した。ふたりはセランを着用し、ヘルメットを閉じている。分子破壊装置が切り開いた道は、幅が十メートルほど。中央を歩けば、森から生じかねない危険に対してはある程度、安全だと感じられた。だが、惑星シシュフォスでは、つる植物に似た触手を二十メートル以上、伸長させることができる食虫植物が確認されている。危険を冒すわけにはいかない。セランのピコシンは、危険の兆候がすこしでもあれば、個体バリアを作動するよう指示されていた。

十五分が過ぎようとしたとき、一行は古い施設の最初の痕跡に遭遇した。溶解したポリマーメタルの無骨な塊りが地面から突きでている。その表面には大小の割れ目が縦横にはしり、色は特徴のない灰褐色。数百万年にわたる腐食によって生まれた色だ。この塊りは、ペリー・ローダンとランド・ミシュコムが赤道海域の島で発見した物体に似ていたが、質量が何倍も大きかった。

「一帯を切り開け！」ローダンはロボットたちに命じた。「施設全体を露出させるんだ。注意しろ、付近のどこかにサーモ砲の発射装置があるから」

ロボットたちはさすがの手ぎわよさで作業を進めた。分子破壊装置の銃口から淡いグリーンのビームが広角に放射され、森を有機ガスのグレイの雲に変えた。異星の自然にそのような容赦ない処置をとるのは、ペリー・ローダンの流儀ではなかった。だが、いまは秘密を暴《あば》くことが先決だった。そのためにはまず、ジャングルの密生した樹林に潜む危険を除去する必要があったのだ。

作業は数分後に完了した。ロボットたちは一辺の長さが百二十メートルの、正方形のあき地を切り開いた。植生が気化したガス雲が、そよ風に流されていく。樹木が消えた土地には、溶解した物質の集合体がぜんぶで八つ、そびえていた。もっとも高く大きなものでも五メートルほど。ロボットから事前に報告があったとおりだった。かつてここに存在した建物群が犠牲になった熱核弾の灼熱は、どれほどの威力だったか。それを思い描くことを、理性が拒絶した。

発射装置が見つかった。半分、地中に隠れていたが、回転可能に設置された単純なパラボラアンテナ一基で構成されている。ロボットたちは用心し、あまり近づきすぎないようにする。アンテナはいまもまだ、最後に発射した角度……西方向、方位角六十度以上……に調整されたままだった。照準器や、発射装置にエネルギーを供給する発電機は、地下に収容されているようだ。ロボットたちは地下施設に通じる出入口を探しはじめた。そして地面が陥没した漏斗《ろうと》状の穴を見つけだした。その地中への深さは十メートルで、ロボットが事前に探知していた通廊に通じていた。

通廊を探知機で調査する。その南の端は、発射装置の真下にあった。陥没した穴は地下通廊に通じており、その端には砲室がある……ペリー・ローダンは偶然見つけたにしてはできすぎではないかと感じた。だが、かれは太古の施設の秘密を暴こうと固く決意していた。千数百万年もの長い年月を経てもまだ、自動目標捕捉や火器が完璧に機能するとは。いったい、どういうしくみなのか？

二体のロボットを地表に残し、ほかの二体を穴のなかへ進ませると、なんなく通廊に進入できた。かれらが送ってくる映像が、セランのヘルメットにあるヴィデオスクリーンにうつしだされる。地下には照明がなかったが、ロボットが装備する投光器が、周囲を明るい光で満たす。

通廊の壁面や床、天井には、ライトグレイのベトンが継ぎ目なく施工されていた。現在はあちらこちらに劣化が認められる。壁には亀裂、かつて照明があった天井には穴、床にはランプの残骸。それでも全体的に見れば、通廊はよく保全されていた。左右のどちらの方向にもドアは見あたらず、通廊は砲室があると予想される地点まで、まっすぐに続いていた。

通廊の端で、ロボットたちはハッチに似た閉鎖設備を発見した。そのロックは従来の方法では開けられなかった。そこでペリー・ローダンは命令を出した。

「分子破壊装置で障害物を除去せよ！」

かれは自分の目で、メタルプラスティックのハッチパネルが気化するようすを見つめた。防衛反応はない。二体のロボットはスムーズに、ハッチの向こう側の空間内に突入した。ロボットたちが見たものは、ローダンのセランのヘルメットにあるヴィデオスクリーンに、一体ごとに交互に表示される。太古の惑星シシュフォスの住民は、未知の技術を持っていたかもしれない。だが、二台の発電機は明らかに、サーモ・ブラスターにエネルギーを供給する機能を持つ。さらに第三のユニットは、探知機と照準装置を組み合わせたものだ。これらはみな、容易に予測がついた。ただひとつ、解けない謎があった。

「驚いたわ！」エイレーネはいった。「まるできのう新設したみたいじゃない？」

それが謎だった。太古の施設の地下に点在する数々の空間には、たとえ最高級の建材が使用されていたとしても、千五百万年から千八百万年後にはあらわれると予想される、明らかな老朽化の形跡が見てとれた。だが、ここの通廊は大きな損傷なく保全されており、砲室内はまさにエイレーネが表現したように、きのう新設したかのように見えた。

「われわれも地下にいく」ペリー・ローダンがロボットたちに告げた。

ふたりはグラヴォ・パックを作動させ、漏斗状の穴を抜けると、地下へと滑りこんだ。通廊はロボットたちの記録装置の映像で見たとおりだった。壁には亀裂、天井には照明があった穴。床には照明の残骸がちいさな山を築いていた。通廊の長さは八十メートル。砲室は面積が百平方メートルほどの長方形の空間で、二体のロボットがなかでじっと待っていた。

「機器類の機能のしくみはわかったか？」ペリー・ローダンが端的に訊く。

「わかりました」ロボットの一体が答えた。

「ここではなにも破壊しないように」ローダンは命じる。「だが、この一帯は今後、危険なく上空を飛べるようにしなければならない。大きな損害をあたえずに、火器を使用できないようにすることは可能か？」

「可能です」とロボット。「回路をいくつか無効化する必要がありますが、そのさいに発生する損害は、ほとんどわからない程度でしょう」

「では、作業にかかってくれ。この火器が今後、われわれの艇を砲撃しないようにしたいのだ。われわれはいつまで、シシュフォスにとどまることになるかわからない。この惑星の領空を安全にしておく必要がある」

ロボットはまず、三台のユニットのカバーをはずした。そして高感度の把持工具を操り、機器の回路部品を調べはじめた。マイクロプローブで導体の挙動を計測し、回路内の危険な部品を突きとめた。五分もたたないうちに、ロボットの一体が報告する。

「作業完了です。この火器はもう一発も撃てません」

「おみごとだ」ペリー・ローダンはうなずいた。「地上にあがってくれ。わたしはここをもうすこし見てまわる」

ロボットたちは浮きあがり、その場を離れていった。反重力エンジンの静かな音はすぐにやんだ。さきほどはずしたカバーは置いたままだ。ローダンはそのひとつを手にとった。軽量だが明らかに耐性のある素材でできている。かれは針のように細い分子破壊ビームで、小片を切りとった。

「分析でなにがわかるか楽しみだ」かれはいった。「ここで見つけたものが、シシュフォス文明のほかの遺跡と同時代だとはとても思えない」

「だれがここに、あらたな施設を設置したのかしら？」エイレーネがたずねる。

「それはわからない」とローダン。「素材の年代がわかれば、すぐに推測できる」

かれらももどることにした。急ぐこともないので、グラヴォ・パックを使用するのをやめた。出入りできる穴まで、あと半分ほどの距離まできたとき、セランのピコシンがけたたましいアラーム信号を鳴らした。

ふたりには反応する間もなかった。背後で爆発の轟音《ごうおん》が鳴り響き、砲室の設備が破砕された。狭い通廊を、赤く燃える金属部分や煙、塵埃《じんあい》が勢いよく迫ってくる。ローダンとエイレーネは高温の瓦礫や破片で全身、穴だらけになるところだったが、ピコシンが持ち前の機敏さで、個体バリアを作動させた。驚くふたりを、熱い衝撃波が床に投げ飛ばす。通廊の右側の壁が断裂した。裂け目から土が流れこみ、通廊を埋めつくしていく。ペリー・ローダンは湿った粘土質の土に、膝上まで埋もれた。煙と粉塵《ふんじん》が濃く立ちこめ、目の前の手も見えないほどだった。

「エイレーネ！」かれは叫んだ。

「ここよ！」ヘルメット通信で返事があった。「わたしはなんともないわ」

「よかった……」

かれはグラヴォ・パックを作動させ、粘土質の土から脱出しようとする。そのとき、遠くから声が聞こえてきた。

「エイレーネ！　ペリー！」

「だれの声？」エイレーネの問いかけが受信機から飛びこむ。

突然、あたりが明るくなった。煙がみるみる消えていく。まるで通廊のどこかに強力な送風機が設置され、煙を排出したかのようだった。ペリー・ローダンの目の前に、淡黄色の光の玉が浮かびあがった。それは三次元スクリーンだった。そのなかに動く人影が見える……

ゲシールだ！

人影は近づいてくる。やはり、ゲシールだ……まちがいない。床まで届く、シンプルな黒いローブをまとっている。両手を懇願するように持ちあげた。その顔は苦痛にゆがんでいる。唇からたどたどしい言葉がもれた。

「ペリー……エイレーネ……助けて！　わたしを救いだして！　拷問されているの……殺される……」

ペリー・ローダンはショックと心痛で立ちつくした。エイレーネの激しく叫ぶ声が聞こえる。ゲシールの姿は薄れていく。淡黄色の光の玉が消えた。なかば土に埋もれた通廊に、また煙と塵埃が充満した。

4

どうやって土から抜けだし、エイレーネを連れて出口までの残りの道のりをもどってきたのだろう。もう、ローダンには思い出せなかった。苦悩がかれの心を容赦なくかき乱した。ゲシールは苦しんでいる！　数分間、かれは冷静な思考力を失っていた。自分がいま、体験したことが理解できなかった。あれはまぼろしか、ひらめきか、それとも暗示か……それが数千光年、いや数百万光年をこえてうつしだされたのだろうか？　ほんとうにゲシールが自分に話しかけたのか？　ひとつだけ、確かなことがある。あれは幻覚ではなかった。エイレーネも母を見ているし、彼女が話すのを聞いていたから。

ふたりは漏斗状の陥没穴を通って地上に浮かびでた。背後で二度めの爆発音が聞こえたように思った。漏斗状の壁を土が滑り落ち、通廊に流れこんだが、かれはもう気にとめなかった。すでに三機めの艇が到着し、修理専門のロボットたちが、チャーリー＝3の修理に向かおうとしていた。ローダンが連れていったロボットが五体そろって入口の穴の周囲を浮遊している。エイレーネはロボットたちにヘルメット通信で、助けは必要ないことを伝えていた。それでも、ロボットたちのシントロニクスの責任意識が、いつでも介入できるよう、かれらに準備をさせていたのだ。

ペリー・ローダンは無言でチャーリー＝2に乗りこんだ。エイレーネがあとにつづく。破損した艇の乗員は修理が終わるまで、不時着した地点に残ることになった。ロボットたちもここに残る。エイレーネがかれらになにか任務を指示している。ペリー・ローダンは彼女が話すのは聞こえていたが、彼女の言葉は頭に入ってこなかった。チャーリー＝2は離陸し、北大陸へ向かった。あとはオートパイロットにまかせればよい。

ローダンは徐々におちつきをとりもどした。まだ心の底から動揺していたし、ゲシールが苦しんでいるのに、なんの力にもなれない自分の無力さをのろっていた。だが、かれの思考はふたたび、論理的な軌道をとるようになった。そして最近、自分の身に起きたことを思い返してみた。

ゲシールの失踪は、アトランから聞いてはじめて知った……タルカン宇宙にいた当時、かれがローダンに、ゲシールが残したメモキューブを見せたのだった。それはアトランがいるときにしか再生できないように、コード化されていた。それ以降、消えたゲシールに関する情報はない。エイレーネは《シマロン》が宇宙間の境界を越えたとき、その船内で母の幻影を見ていた。だが、それがほんとうの精神的な接触だったのか、たんなる幻覚だったのか、エイレーネ自身にも定かではない。

だが今回、ゲシールは短いあいだに二度、あらわれた。まず、セッジ・ミドメイズが記憶解剖でペドラス・フォッホから抽出したデータのなかで。次に太古の要塞の砲郭でふたりを襲った出来ごとのなかで。だれかが作為的に仕組んだのではないか……そう考えられなくもない。その者はまず、ペルセウス・ブラックホールでの宇宙戦でローダン勢を撃滅させることで、戦略面でかれに苦杯をなめさせた。そしてこんどはゲシールの映像を見せることで、士気や精神の面でもローダンを破滅させようとしている、と。

そう考えてもおかしくはない。だが、ローダンはその考えを遠ざけた。ナンドロクがゲシールについて追及した尋問の記憶は、カンタロが意図的にペドラス・フォッホの意識に植えつけたとも考えられる。だが、大破した《シマロン》が惑星シシュフォスに避難することは、だれも知りえなかったはず。エイレーネとローダンが地下の通廊で見た幻影も本物だ……コスモクラート・ヴィシュナの具象であるゲシールが、そのパラ心理能力によって生みだしたにちがいない。かれの額に汗が噴きだした。孤立無援のゲシールが拷問されている……なのに自分は彼女を助けることができない！

チャーリー＝2は半時間でレテ高原に到達した。艇は自力で搭載艇の格納庫に入り、艇体を係留した。ペリー・ローダンは重い足どりで居室にもどった。砲室でユニットのカバーから切りとった小片をエイレーネに渡し、分析ラボに持っていかせた。

この数時間、かれは思い悩み、自分を苦しめるばかりだったが、インターカムから警報信号が鳴り響くと、はっとわれに返った。数秒後にシントロニクスの人工的な声が伝えてきた。

「三隻の未知の船が惑星シシュフォスから二天文単位の距離で、ハイパー空間から離脱し、こちらに向かっています。いま、探知機が船のタイプを特定しようとしています。船内には警報段階1を発令しました」

シントロニクスが最後の言葉を発したときにはもう、ペリー・ローダンはキャビンを出ていた。かれの居室にはすべての通信手段が備わっている。在室したまま、なりゆきを見守ることもできた。だが、かれは司令室へと急いだ。危険な事態に備え、最新の動向をつねに把握しておきたかったのだ。数時間前に浮かびあがった疑念がふたたび意識によみがえり、かれを動揺させた。敵は《シマロン》がシシュフォスに逃れたことを知っているのだろうか？　そして大破したこの船とその乗員たちに、とどめを刺しにきたのだろうか？

司令室のメイン・ハッチがかれの目の前でスライドして開くと、けたたましい喧噪《けんそう》がかれを襲った。叫び声、悲鳴、とめどない笑い声。レジナルド・ブルは司令コンソールの前にすわっており、その真っ赤な顔は喜びにあふれている。かれはペリー・ローダンを見ると、喧噪の向こうから叫んだ。

「聞きましたか？　《カルミナ》と《モンテゴ・ベイ》です！」

ローダンはコンソールに近よる。あまりに深く心を痛めていたかれは、みなの歓喜の輪には加われなかったが、ほっと安堵した。

「第三の船はなんだ？」かれはたずねた。

「CIM＝1です」ブルは答える。

「CIM＝2のことはなにか聞いているか？」

レジナルド・ブルの喜びに輝く顔がやや曇り、こころもち青ざめた。ローダンの質問にかれはぎくりとしたようだ。そこにローダンの懸念がこもっているのを、かれは感じとっていた。

「なにも。近いうちに連絡があると思いますがね」

「ヴェエ・ユィイ・リィにつないでくれ」ローダンがせかす。「いますぐにだ」

マイクロフォンのエネルギーリングがかれのもとへ浮遊してきた。その横にあらわれたスクリーンに、CIM＝1の指揮をとるブルー族の顔がうつっている。ペリー・ローダンはかれの正面にあるふたつの目が輝くのを見た。

「お会いできてうれしいです」CIM＝1の艇長はいった。「ごらんのとおり、仲間を連れてきました」

「こちらこそ、うれしいぞ」ローダンはブルー族のいつもの挨拶で応じた。「《カルミナ》と《モンテゴ・ベイ》に会えて感激している。だが、CIM＝2はどうなった？」

ヴェエ・ユィイ・リィは短い身ぶりで、はっきりとはわからないと伝える。

「ペルセウス・ブラックホールの宙域に着いたとき、われわれは二手にわかれたんです」かれはいう。「二機がそれぞれ対象宙域を半分ずつ、捜索するのが得策だと思いまして。《カルミナ》と《モンテゴ・ベイ》とともにシシュフォスへ向けて出発する前に、CIM＝2に無線で呼びかけたんですが、返事はありませんでした」

それでもかれが心配しなかったのにはわけがある。ブラックホール周辺はハイパーエネルギー性の妨害に満ちた環境で、通信が著しく困難になるからだ。CIM＝1とCIM＝2が離れてから相互に連絡がとれなくなったとしても、べつに異常なことではない。だからヴェエ・ユィイ・リィは心配していないし、ペリー・ローダンも状況を考えれば考えるほど、心配する理由はないという結論に行きついた。CIM＝2はペルセウス・ブラックホールの周辺宙域の捜索を続け、十日間の期限がくれば、シシュフォスにもどってくるだろう。

だが、そのときかれは、このスペース＝ジェットのメッセージが、ハイパー空間に進入する直前に途切れたことを思い出した。同時に、最近起きたさまざまな説明のつかない出来ごとも思い浮かんだ。これらには論理だけでは太刀《たち》打《う》ちできない。人知でははかりしれない出来ごとが現に起きている。CIM＝2についても……この艇が格納庫に滑りこむのを自分の目で確認するまでは、安心できそうにない。

二隻と一機が高速で近づいてくる。午後のレテ高原は、空が晴れわたっていた。青い空に三つの赤く輝くリフレックス……ふたつは大きく、ひとつはちいさめだ……があらわれると、司令室にあらたな歓声がとどろいた。ペリー・ローダンは両こぶしを握りしめ、涙をこらえて立ちつくす。熱い思いがこみ上げた……運命はわれわれに、そこまで無慈悲ではなかったのだ。《カルミナ》は助かり、《モンテゴ・ベイ》は生き残った。とうに失ったと思っていたふたりを、かれは数分後に抱きしめることができる。

マイクル・ローダンとアトランを。

かれが古い要塞でゲシールの映像に遭遇してから、ずっと抱いていた悲しみは消えていった。まだ、すべてを失ったわけではなかった。息子は助かり、友も助かった。カンタロはかれら全員を破滅に追いこもうとしたが、それは成功しなかったのだ。

かれらはわれわれとともに、破壊されたものを再建してくれるだろう。

そしてきっと、ゲシールを救いだす方法を見つけだすことができる。

アトラン、ロワ・ダントン、ペリー・ローダン……この三名をそう長くおさえつけられる勢力は、宇宙には存在しない。

そんなことを考えながら、かれは目の前で開いたメイン・ハッチを通りぬけ、通廊を数メートル進み、もっとも近い反重力シャフトを通って船底エアロックへと向かった。

＊

挨拶はむしろ冷静に交わされた。再会をたがいに喜ぶ。運命は当初、恐れていたほど容赦ない打撃を加えはしないとわかり、ほっとした。だが、もう二度と会えないことがわかった親しい友もいた……バス＝テトのイルナだ。

言葉もなく抱きしめ合う。背中をたたき合うこともしなかった。ペリー・ローダンは友の肩から腕をはずし、一歩さがると、手を伸ばした。

「帰ってきてくれてうれしいです」ローダンはアトランと握手をした。

父と息子は、うわべは感情を出すことなく、挨拶をかわした。ほんの数秒間、抱きしめ合った。言葉はない。視線がふたりの気持ちをあらわしていた。握手をすると、ようやくロワ・ダントンが口を開いた。

「ゲシールの情報があったと聞きました。いたたまれません」

「聞いた？　だれからだ？」ローダンは驚いてたずねた。

「着陸態勢に入ったとき、エイレーネと話をしたんです」ロワ・ダントンは答えた。

「そのことで話し合わないといけないが」とローダン。「いまここではやめておく」

た。

《カルミナ》と《モンテゴ・ベイ》は、《シマロン》の近くに着陸していた。三隻は一辺が四百メートルの正三角形を描いている。CIM＝1はすみやかに格納庫へと向かった。

三名は《シマロン》に乗りこんだ。このときまで、三隻の乗員たちはみな、おとなしくしていた。三名の再会をじゃましたくなかったのだ。いま、いっせいに各船の乗員たちが、歓喜の叫び声をあげながら、船底エアロックからあふれでた。三隻の乗員たちが三角のエリアで合流する。《シマロン》と《カルミナ》の乗員はタルカン宇宙への遠征のさいに知り合い、惑星フェニックスで友となっていた。双方がたがいを失われてしまったと思っていたため、再会の喜びもひとしおだった。この古い惑星が何百万年も経験していなかった光景がいま、レテ高原でくりひろげられていた。

《シマロン》の司令室の雰囲気ははるかにおちついていた。イアン・ロングウィンとランド・ミシュコムは遠慮して席をはずしたので、三名が入ったとき、司令室にはレジナルド・ブルがひとりきりだった。アトランとロワ・ダントンが報告する。《カルミナ》と《モンテゴ・ベイ》はペルセウス・ブラックホールでの戦闘から脱出できた。軽い損傷を受けていたものの、ロボットがなんなく修理でき、いまは完全に出動や戦闘が可能な状態だ。両船は当初、たがいを見失っていたが、ブラックホールから二百五十光年離れた場所で、慎重に発信された合言葉によってたがいを確認できたのだった。アトランは当初、できるだけ早くアルヘナに帰還するつもりだったが、ロワ・ダントンがペルセウス・ブラックホールの宙域で生存者を捜索することを提案し、アトランが同意した。二隻が数日間、ブラックホール一帯を航行していたとき、突然、ギャラクティカーの情報コードで呼びかけを受けたのだった。

かれらはＣＩＭ＝１から《シマロン》の運命を聞かされた。このスペース＝ジェットはペリー・ローダンの指示にしたがい、かれらを惑星シシュフォスに誘導した。ロワ・ダントンとアトランは《ブルージェイ》、《クレイジー・ホース》、《ソロン》がカンタロによって撃破されたことを確認していた。ペルセウス・ブラックホールの宙域を数日にわたって捜索したが、生存者は見つからなかった。もし生存者がいても、ドロイドたちにとうに見つかってしまったことだろう。《クイーン・リバティ》は依然として消息不明。うまく逃げられたことをしめす記録もないが、敵の砲撃にあった形跡もなかった。

「あくまで私見ですが」ロワ・ダントンが切りだした。「ホーマー・Ｇ・アダムスはカンタロの進撃を見ていました。カンタロの艦隊はわれわれの突入直後にハイパー空間から離脱し、すばやく攻撃態勢を敷いたはず……それは、ブラックホール内外での時間の流れのちがいからも明らかです。アダムスは状況を絶望視した。われわれを助けられないこともわかっていたんです。われわれに警告すらできなかった。われわれが事象の地平線上にあらわれたら、カンタロはすぐさま攻撃するだろうから。そのような状況で、責任感のある指揮官はどうするか？　せめて〝自分の〟乗員と船は守ろうとするでしょう。われわれがブラックホールからあらわれたとき、《クイーン・リバティ》はもういなかった。だから、われわれの探知機器はこの船のシュプールを見つけられなかったんです」

「臆病風を吹かせたようだな」アルコン人が陰鬱な声でいった。

ペリー・ローダンがかぶりを振る。

「そうは思いません。アダムスは冷静な計算をする男です。この七百年で、かれは宙航技術のいくつもの分野で専門家へと成長した。いまや、メガギャラクスのみならず、ハイパーダイン、ヘフ、ギガワット単位の兵器の性能にも精通している。ロワのいうことが正しければ、かれはカンタロに対して勝ち目はないとわかっていました。かれがその場にとどまっていたら、《クイーン・リバティ》を危険にさらすだけだった。わたしはロワの状況判断は正しいと思いますし、ホーマーを責めることなどできません」

アトランは黙っていたが、ローダンの意見に同意していないようだった。かれの顔はげっそりとし、額にしわを寄せている。目は輝きを失い、口を真一文字に結んでいた。かれはそもそもまじめな性格で、けっしてユーモアがないわけではないが、ユーモアを交えるとしても最小限におさえがちだ。だが、いまのかれの表情には、つらさと憎しみがあふれていた……それは愛する者たちを失ったつらさと、かれらを死に追いやった者への憎しみだった。

だれもゲシールの話には触れなかった。

今後のことをめぐる話し合いがもたれた。《シマロン》は依然として、いつ修理が終わり、宙航可能になるか見通しが立たない。修理作業は最低でもまだ数週間はかかり、もしかすると数カ月を要するかもしれない。その一方で、惑星アルヘナにできるだけ早く情報を提供する必要があった。それは心理的な理由からだ。ペリー・ローダン、アトラン、ロワ・ダントンが命を落としたなどと伝わったら、ヴィッダーの構成員たちの士気をさげることはまちがいない。まさにこの敗北のときに士気を阻喪《そそう》することは、銀河系で唯一、実動する抵抗組織の崩壊を意味することになる。

「《シマロン》の修復が終わるまで、あなたがここシシュフォスで待つ、説得力のある理由は存在しません」ロワ・ダントンが父のほうを向いていった。「《カルミナ》と《モンテゴ・ベイ》は完全に宙航可能。すぐに出発できます。ロボットと基幹要員をここに残して、父上はわれわれといっしょに発ちましょう」

「それも考えた」ペリー・ローダンは認めた。「いずれそうするだろう。だが、早まるのは禁物《きんもつ》だ。わたしの予感では……」

どんな予感なのか、まわりの者には……すくなくともこの瞬間には……知る由もなかった。そのとき、インターカムの連絡が入ったのだ。

「セッジ・ミドメイズからペリー・ローダンに連絡です」サーボがいった。

「つないでくれ！」

ヴィデオスクリーンがあらわれた。画面に《シマロン》の首席医師の懸念に満ちた表情がうつしだされる。

「分析結果が出ました」かれはいった。「お聞きになりたいだろうと思いまして」

「どの分析だ？」ローダンは驚いてたずねた。「記憶解剖のデータか？」

「ちがいます。あなたが古い要塞の砲郭から運んできた素材の試料です」

「〝きみ〟が分析したのか？」

セッジ・ミドメイズは肩をすくめた。

「わたしではいけませんか？　わたしがアマチュア考古学者なのをご存じでしょう」その場の空気を感じとり、かれはいらだった。「いま聞きたいですか、聞きたくないですか？」

ローダンの顔にかすかな笑みが浮かんだ。ミドメイズがむきになったのが、おもしろかったのだ。

「司令室にこい、セッジ」かれはいった。「もちろん聞きたいさ。きみがなにを見つけたのか」

映像が消えた。ペリー・ローダンはロワ・ダントンとアルコン人のほうを向き、詫びるようにいった。

「かれを勘弁してやってください」とローダン。「考古学のこととなると、かれは自制がきかなくなる」

＊

セッジ・ミドメイズがやってきたが、ひとりではなかった。エイレーネを連れてきたのだ。ペリー・ローダンは、古い砲郭へ通じる穴を出て、地上にもどったときの光景を思い出した。エイレーネがそこにいたロボットたちになにか指示を出していた。その言葉はかれの耳にも届いていたはずだが、ショックを受けていたかれの頭には入ってこなかった。エイレーネは太古の施設の秘密を解明しようと熱心にとり組んでいる。それは気晴らしなのか？　母の幻影が引き起こした心痛を乗り越えるために、調査に打ちこんでいるのか？　それとも、なにか手がかりを見つけたのだろうか？　父が見落とした、追究する価値のある手がかりを……

エイレーネはロワ・ダントンとアトランに、その場に望ましい控え目な挨拶をした。そして、奥に席を見つけ、分析結果の発表は医師にゆだねた。

「年代測定の方法はご存じでしょう」セッジ・ミドメイズが話しはじめる。「どの方法でも、被験物に含まれる、ある種の放射性物質の量を特定することで判定します」かれはエイレーネから受けとった試料を手にとり、不審そうにそれを見つめた。「主観的に測定する方法もあります。たとえば、わたしはこの試料を見て、その外観だけから、せいぜい数年前のものだと結論を出しました」

医師はすこし間をおき、その場にいる者を順に見た。かれは医師でアマチュア考古学者であるのみならず、なかなかの役者ぶりだ……間をとることで、期待感を高めたのだ。「ところが、わたしは完全に見誤っていました」かれはつづけた。「客観的な分析では、年代は千五百万年から千八百万年前という結果でした。しかも、三つの異なる放射性物質で結果はすべて一致しています」

「ありえない！」レジナルド・ブルは立ちあがった。「わたしは現場にはいなかったが、ロボットが送ってきた映像は見た。あの砲室が千数百万年前のものとはとても思えない」

セッジ・ミドメイズは両腕をひろげて肩をすくめる。科学的手法で測定し、評価した結果を前に、レジナルド・ブルの個人的見解など、かれにとってはどうでもいい。そう、表現したのだ。

「確認する方法はいくつかあります」かれはいう。「もう一度、分析するんです。わたしの私見と同じ結果がでたら、測定結果がまちがっているとあなたが主張しても、わたしはなにもいいません。つまり、べつの機器を使って三度めの分析をしてください。その結果が今回の分析と同じで、それでもあなたが結果を受け入れようとしないなら、あなたは古典物理学の基礎を疑うしかありません」ミドメイズの顔にあざけるような笑みが浮かんだ。「いわせていただきますが、それには充分な準備が必要ですよ」

レジナルド・ブルは叱られたような気分になり、おもしろくなかった。激しくいい返そうとしたとき、エイレーネが口をはさんだ。

「もちろん、もうひとつ方法があるのよ」と彼女。「セッジはそれをいいたかったんだと思うわ」

「それは〝あなた〟の考えだ」医師は不満げにつぶやいた。

「最新の合成法を使えば素材を簡単に、どんな年代測定法でも千五百万年から千八百万年前のものに見えるような組成にすることができる」エイレーネがつづける。「その年代に合致する量で、放射性物質と崩壊生成物を合成物に含有させればいいのよ。そうすれば、分析でその年代だと測定されてしまう」

全員が驚いて黙りこんだ。エイレーネのもうすぐ十九歳という若さに似合わぬ、並みはずれた思考力と分析力を見せつけられた瞬間だった。もちろん、医師らも遅からず、この考えにいたっただろう。だが、エイレーネはセッジ・ミドメイズが彼女に結果をしめすとすぐに、この別説を着想したのだった。

「なんでそんな面倒なことをするんだ？」ロワ・ダントンが不審そうにたずねる。

「わたしたちをだますためよ」エイレーネが答える。「わたしたちの調査はまだ終わっていない。分析できる放射性物質は、まだいくつかある。素材を合成した者は、どこかでミスを犯しているかもしれない……もし、わたしの説が正しければ、だけれど。だから、いまはこのことに頭を悩まさないほうがいいわ。わたしは、もっと重要なことがべつにあると思っている」

彼女はいま、生徒たちの考えが誤った方向に進まないようにする教師のような口ぶりだった。ペリー・ローダンは驚いて娘を見つめた。いま話しているのは、コスモクラートから受け継いだ遺産なのだろうか？

「地下施設で、わたしたちがまさに穴から浮上しようとしていたとき、第二の爆発音が聞こえたでしょ？」エイレーネはそう父にたずね、かれがうなずくと、言葉をつづけた。「わたしは外で待機していたロボットたちに、爆発場所を調査するよう指示したのよ。その結果がすでに出ています」

彼女がサーボに短い命令を出すと、ホログラムがうつしだされた。半分、土に埋もれた通廊が見え、それは漏斗状の入口の穴から砲室へと続いている。撮影をしたロボットは漏斗から砲室に向かって移動する。通廊の壁がもっとも大きく断裂した場所で、壁の奥におとなの背丈ほどの空洞が見えた。その内側はライトグレイのグラウト材で補強されているが、明らかに急いで塗布されたようだった。空洞も半分が崩落した土で埋まっている。

映像が変わった。こんどは二体のロボットが、粘土質の土をせっせと掘り進んでいく。すると、もともと空洞内に収容されていたと推測される物体があらわれた。それは大きななにかの装置の破片だった。破面には明らかな熱の影響が認められる。二度めの爆発は局所的とはいえ、重大な影響をおよぼしていた。

再度、映像が変わった。発見された破片が、厚手のプラスティック・フォリオの上に整然と並べられている。エイレーネが説明を始めた。

「壁の空洞は、わたしたちがゲシールを見た場所のすぐ近くにあります。破片をよく見てください。破片をつなぎあわせ、それらが付属する装置を復元することはできなかった。第二の爆発は原始的な爆薬をもちいた、純粋な化学爆発です。でも、そのエネルギーは装置を徹底的に破壊するには充分だったので、装置の機能は推論できない」

ここでセッジ・ミドメイズが発言を求めた。

「その破片のひとつは年代測定をしています。いろいろと不可解なことが起きているので、もうみなさんが驚くこともないでしょうが、その組成もやはり、千五百万年から千八百万年前のものという結果でした」

映像が消えた。レジナルド・ブルのつぶやく声が聞こえた。

「それはプロジェクターだったかも。あなたたちは幻影を見たのではなく、映像にだまされた……」

「よく考えてものをいえ！」ペリー・ローダンが反論する。

「だれがそんなものを設置したというんだ？　ペリー・ローダンがシシュフォスに飛び、娘といっしょに古い要塞の地下施設を視察すると、だれが知ることができた？」

　レジナルド・ブルは肩をすくめる。

「要塞に誘いこむのは簡単です」とブル。「チャーリー＝3が砲撃されたら、あなたはもちろん、この椅子にのんびりすわってはいないでしょう。調べに行くはずです」

「おふたりはある重要なことを見落としています」セッジ・ミドメイズが発言する。

「説明のつかないことはすべて置いておくとして、素材の組成が意図的に古い年代のものに調整されたことは、いまや確実です」

「千数百万年前ならまだ、ゲシールのことを知る者はいないからな」ロワ・ダントンがつけ加えた。

「もし、それがほんとうにプロジェクターであればの話だ」ローダンは反論する。

「ほかになにが考えられます？」

　かれらはすわったまま、ぼんやりと前方を見つめていた。

　さまざまな思考があらゆる方向から、この不可解な出来ごとを攻撃する。それでもこの問題は、論理の通用しない一枚岩として立ちはだかり、従来の思考方法だけで解決しようとする試みに、あくまでも抵抗するのだった。

地下の砲郭での体験から判明した、さまざまなものごとの関連性を考えると、みな目眩《めまい》がしそうだった。

＊

かれは疲れていないのに、身も心も疲弊していると感じていた。居室のベッドに横たわり、頭の下で腕を交差させ、なにもない白い天井を見あげていた。明かりを暗くしている。信じられないほど静かだ。何重にも断熱を施した壁が、外から侵入しようとするどんな物音もさえぎった。

《シマロン》が大あわてで逃亡した先を、だれかが事前に知りえたとは、かれには考えにくかった。だが、そのときふと、数日前にかれがブルに投げかけた問いが頭に浮かんだ。〝どうやって、われわれはここにたどりついた？〟なぜ、メガイラ星系の座標が航法記憶バンクで選択されたのか、そしてなにより、そのデータがなぜ、バンクから消えてしまったのか……まだ、だれにもわかっていない。《カルミナ》と《モンテゴ・ベイ》の船載シントロニクスにも訊いてみたのだ。どちらも、メガイラ星系についてはなにも知らなかった。

もちろん、知られる可能性はあった。《シマロン》はほかの船とともにかなりの時間、ペルセウス・ブラックホールに滞在していた。船は制御ステーションにとめていた。ナックのラカルドーンがバンクにデータを挿入したと考えられないか？　だが、どうやってまた、データを消去したのだろう？　こっそり挿入したデータが保管される全領域を、最初のアクセスがあったあとで、シントロニクスに消去させる……そんな命令シーケンスを座標にひそかに加えることは、むずかしくないだろう。だが、シントロニクスはそのプロセスを記憶しているはず。航法記憶バンクに一度、入力されたデータを消去して、その記録がないことは考えにくい。

かれは考えるのをあきらめ、この問題はひとまず置いておくことにした。カンタロがなんらかの方法で《シマロン》の逃亡ルートを特定できたとしよう……そう仮定すると、そのほかの出来ごとは、ペリー・ローダンを戦略面だけでなく、士気や精神の面でも破滅させるというカンタロの思惑と、論理的につじつまが合う。まず、ナンドロクの尋問の記憶を、意図的にペドラス・フォッホの意識に植えつける。そして古い砲郭にプロジェクターを設置し、周到な準備をしてペリー・ローダンをおびき寄せ、幻影を見せつける……

もしそうだとしたら、かれのために敵がつぎこんだ労力には感心する。そこには、まだもうひとつ、かれの心にひっかかる疑問があった。もしカンタロが、かれがシシュフォスにいることを知っているなら、そしてもし、本気でローダンを敵とみなしているのなら、なぜ、かれらはとっくの昔にここにあらわれ、かれにとどめをささないのか？

どんなに頭を悩ませても、埒《らち》が明かなかった。アンブッシュ・サトーに意見を聞いたほうがいいかもしれない。並行現実を理解するこの超現実学者なら、説明をつけられるかも……そう考えると、かれは多少、気が休まった。サトーは頼りになる。ふつうの知力では完全に理解不能と思われることも解釈するすべを身につけていたから。

かれはすぐにアンブッシュ・サトーに連絡をとろうと考えた。だが、ずっと気を張りつめて考えこんでいたので、かれは疲れていた。一時間も休めば回復するだろう。そう思い、目を閉じた。深刻なことを考えないように努める。ただ、眠りたかった。絶え間なく自分を苦しめる思考から逃れようとした。

そのとき、インターカムが作動する音がした。一瞬、出ないでおこうかと思ったが、責任感が勝った。

「なにごとだ！」かれはサーボに呼びかけた。

居室の中央に映像があらわれた。レジナルド・ブルが見える。かれは懸念すると同時に、混乱したようすだった。

「シシュフォスに接近する艇を一機、探知しました」かれはいった。「探知データからCIM＝2にまちがいありませんが、呼びかけに応答しません。どうもようすがおかしい」

ペリー・ローダンはすでにベッドの縁に足をかけ、起きあがっていた。
「すぐにいく」かれはいった。

5

「こちら、《シマロン》。CIM＝2、応答せよ。こちらはレジナルド・ブルだ。フェレル・ウバル、ロニカ・マッセンジル、アルスロープ・ロン＝ソナス、連絡をくれ！」

この呼びかけを録音し、三十秒ごとにくりかえし流したが、スペース＝ジェットは応答しない。艇はすでに惑星シシュフォスの大気圏の最上層に達している。着陸進入はきわめて慎重に進められていく。CIM＝2はシシュフォスから十・五光分の距離に、ハイパー空間からあらわれていた。光速の三十パーセントで進み、一光分の距離まで接近したところで制動操作を開始。高い周回軌道を二周したのち、毎秒数百メートルの降下速度で着陸態勢に入った。ペリー・ローダンを寝入りばなから目ざめさせた、レジナルド・ブルの連絡から、一時間弱が経過していた。

司令室にはイアン・ロングウィンとラランド・ミシュコムがいた。レジナルド・ブルは司令コンソールの前にすわっている。

「なぜ応答しないんだ？」かれがうなるようにいった。

ペリー・ローダンは離れたところにいた。かれは《シマロン》船内では客員だったため、船の司令には手出しをしない。もちろん、かれは友のいらだちを理解していた。可能性としては、CIM＝2の通信システムが機能を喪失したことが考えられるが、それはありそうにない。ハイパー通信装置も、従来型の無線通信装置と同様に、二系統に冗長化した設計となっている。大災害でもなければ、通信不能におちいるはずはない。だが、探知データからは、この艇体に損傷が生じているようすはまったく見られなかった。艇はすでに目視でもとらえられる。画像で確認しても、スペース＝ジェットはほとんど無傷だった。

レジナルド・ブルのメッセージにはその前後に、CIM＝2の艇載シントロンに呼びかける情報データを付加していた。もし、乗員が呼びかけに応答できない場合には、シントロンが対応するはずだった。一方、スペース＝ジェットはオートパイロットの制御によって、確実で安定した着陸進入をつづけている。いいかえれば、オートパイロットの機能に問題はない。オートパイロットはシントロンのサブシステムなので、シントロンが健全でなければ、その機能を果たすことは不可能だ。なぜ、シントロンは応答しないのだろう。それが司令室のだれにとっても謎だった。

「この状況に危険がないとは思えません」イアン・ロングウィンがいつものように冷静にいった。

そのとおりだ、とペリー・ローダンは思った。スペース＝ジェットの挙動は、あらゆる許容レベルを逸脱している。自分が指揮官だったら、なんらかの予防的な措置を命じているだろう。

「全砲座発射準備、目標を捕捉せよ」レジナルド・ブルがサーボに指示した。

一秒後に応答があった。

「目標を捕捉、追尾中」

ＣＩＭ＝２はこのとき、高度五十キロメートルにいた。艇は惑星の自転に対する修正を加え、垂直にレテ高原へと近づいてくる。降下速度が徐々に落ち、現在は秒速百二十メートルで惑星の地表に向かっている。

「ロボット・コマンド部隊アルファ＝ツー、出動準備」ブルが命令する。

「ロボット・コマンド部隊アルファ＝ツーは船底エアロックに移動中」サーボが答える。

測定機器がこの状況で予想されるとおりのデータを送ってきた。このスペース＝ジェットは着陸にフィールド推進装置を使用する。推進装置の散乱放射は通常値だった。ＣＩＭ＝２は、あらゆるデータもしめすとおり、いたって正常だ。問題は、なぜ乗員もシントロンも応答しないのか、という点だった。

そのとき、〝ぽん〟というちいさな音が響いた。グッキーが司令室に実体化したのだ。

「あんたたちの思考があんまり乱れてるんで、知らんぷりもできなくってさ」グッキーがいいわけをいう。「ここでなにが起きてるんだい？」

「われわれの思考を読んだんだろ、ちび」レジナルド・ブルが冷静に応じる。「なら、なにが起きているかもわかったはず。すわっておとなしくしてろ」

「イエッサー、国家元帥殿！」イルトは答えると、軍隊の敬礼のように前足を額にかざした。

かれは椅子にすわった。司令室が緊張に包まれているのを感じ、自分のいつもの冗談はいま、だれにも通用しないと悟った。映像はすでに、見知ったスペース＝ジェットの姿をはっきりととらえている。

艇の高度は二十キロメートル弱、降下速度は秒速五十メートルまでさがっている。

「艇にはだれもいないよ」突然、グッキーがいった。「思考する者はだれも。メンタル信号はまったく聞こえない」

ペリー・ローダンは探知装置の表示を調べた。データは正常だ。ＣＩＭ＝２の艇内で異常なエネルギー活動をしめすデータは存在しない。火器類は発射準備がなされておらず、防御バリアも作動態勢になっていない。作動しているのはフィールド推進装置だけで、徐々に出力を上げている。

「あそこなら跳べるよ」イルトはいった。

「待て」ローダンはいった。「まず、着陸させよう」

雲が迫ってきた。いつもの朝の嵐の時間だった。CIM＝2はまだ、恒星の光を浴びて輝いている。降下速度がどんどん落ちる。スペース＝ジェットは艇内に思考する者のいないまま、完璧な着陸進入を見せている。

なにが起きたのだろう？　考えると苦しくなる。ウバル、マッセンジ、ロン＝ソナスは意識を失っているのだろうか？　それとも、死んでしまったのか？　CIM＝2の飛行は妙だった。オートパイロットは人の助けがなくても問題なく艇を制御できる。だが、だれがオートパイロットに、ペルセウス・ブラックホールの宙域での捜索を中断し、シュフォスにもどることを命じたのだろう？　捜索期間の十日間はまだ経過していない。乗員が任務を遂行できない状態だとしたら、艇はなぜ〝いま〟、帰還したのだろう？

残すところ、二千メートル。雲の流れが速い。風も強まってきた。レテ高原はどんどん暗くなる。スペース＝ジェットは垂直にゆっくりと降下してくる。最後に針路を修正し、《シマロン》から北に一キロメートル離れた地点に向かった。《シマロン》は、《カルミナ》と《モンテゴ・ベイ》とで三角形を描くように駐機しており、機首を三角形の北の頂点に向けている。

ソフトな着陸だった。スペース＝ジェットは、人工重力エネルギー性の反撥フィールド上に静止した。

「こちら、《シマロン》。CIM＝2、応答せよ」スピーカーからまた、がなり声がする。「こちらはレジナルド・ブルだ。フェレル……」

声が途切れた。ブルが通信を切ったのだ。

探知装置の画像がわずかにちらついた。だが、そのあとは平坦な測定軌跡が見えるだけだった。よく見れば、細かいさざ波のようなゆらぎがあるのに気づく。推進装置はすでに作動を停止。いま、まだ作動しているのは、空調や照明などの常用機器だけだった。ロボット・コマンド部隊アルファ＝ツーがエアロックを出て右舷側に並び、ローダンの命令を待っている。

「いまかい？」グッキーが訊いた。

スペース＝ジェットの着陸から一分が経過していた。艇にはなにも動きがない。ペリー・ローダンがうなずいた。

「いまだ」かれはいった。「気をつけるんだぞ！」

次の瞬間、ネズミ＝ビーバーが消えた。まるで幽霊の見えざる手が、かれを異次元にほうりだしたかのように……

＊

数分がたった。グッキーが困惑したようすでもどってきた。

「艇内にはだれもいないよ」かれはいった。「キャビンをぜんぶ、調べたんだ。スペース＝ジェットにまったく異状は見られない。戦闘があった形跡はどこにもないし、設備にも損傷はない。シントロンをのぞけばね。シントロンも機能はするよ。そうでなきゃ、CIM＝2はあんなにうまく着陸できないから。でも、話しかけても応答しないんだ」

「コンソールから指令を出したらどうなる？」とローダン。

「それは試していない。できるだけすぐにもどったほうがいいと思ったから。どうせ、あんたたちもあっちに跳びたいだろ」そのとき、かれは思い出した。「ああ、まだあったよ！　司令コクピットで新しい設備を見つけたんだ……すくなくとも以前はなかったやつだ。デスクなんだけど、司令コクピットの中央にあって、床に固定されている。その上に、容器が置いてあった」

「なにが入っていた？」

「触る勇気はなかったよ」グッキーが告白する。「手でも、テレキネシスでも」

「よくやってくれた」ローダンはほめた。「ロボット・コマンド部隊アルファ＝ツー、進め！」

ロボット部隊に任務の詳細を伝える必要はなかった。着陸したスペース＝ジェットに進入するという任務を、シントロニクス結合体がとっくに伝えていた。反重力フィールドに包まれて、ロボットたちはすみやかに艇へと向かっていく。アルファ＝ツー部隊は十五体で構成される。そのうちの二体は通信役を務め、かれらの視聴覚がとらえた印象を無線で《シマロン》に送信する。映像がふたつあらわれ、ロボットたちの記録装置の前に出現したものをうつしだした。

風はすでに暴風に変わっていた。どんよりした空気を貫き、激しい雨が斜めに降りしきる。ときおり、まぶしい稲妻が薄暗がりを引き裂くようにはしる。雷鳴がとどろくと、数秒後に山々からこだまが返ってきた。

ロボットたちはCIM＝2の側方のエアロックまで進んできた。一体が開閉機構を操作するようすが見える。ハッチはすぐに開いた。エアロック室は照明で明るい。アルファ＝ツー部隊がなかに入っていく。エアロックの向こうには短い通廊があり、司令コクピットに通じていた。ここも天井の照明が点灯している。グッキーの報告は正しかった。異状の痕跡はどこにもない。フェレル・ウバル、ロニカ・マッセンジル、アルスロープ・ロン＝ソナスがどこにいるかはともかく、姿を消した根拠となるものは確認できなかった。

司令コクピットにはイルトがいっていたデスクがあった。天板は長方形で、大きさは一・五メートルかける二メートル。グレイの材料でできていた。床への固定はかなりていねいで、プロの手によるようだ。溶解した跡はどこにも認められない。デスクの上の容器は古風な鳥かごのような形状で、高さ半メートル、直径は四十センチメートル。だが、メッシュ素材ではなく、鈍く光る堅牢なポリマーメタルでできていた。

「容器をデスクから離してみてくれ」ローダンがロボットに命じた。

アームが勢いよく前に伸び、ツメが柔軟な動きで銀色に光る金属をつかむ。容器は動かない。

「この物体は動きません」通信ロボットの一体が伝えた。「デスクの表面に溶接されているようです。べつの方法で試しましょうか？」

「いや、待て」とペリー・ローダン。「わたしがそちらに行く」

かれは立ちあがった。

「友よ、真実が明らかになる決定的な局面だ」かれは真剣な面持ちだった。「きみたちのだれかに同行してほしい。レジナルド、どうだ？」

なにもいわず、ブルはセランを着用する。ふたりは船底エアロックから外に出た。悪天候から身を守るため、ヘルメットを閉じたままにする。グラヴォ・パックのおかげで、ふたりはこの短い距離を一分もかからずに移動した。エアロックのハッチは、ロボットのアルファ＝ツー部隊のときと同様に、すぐに開いた。ロボットたちはすでにスペース＝ジェット内の全域に分散し、手がかりを探している。司令コクピットには一体も残っていない。

ペリー・ローダンはヘルメットを開き、折りたたまれて襟リングに収納されるまで待った。ハッチの開口部に立ち、周囲を見まわす……すると突然、かれはいま、どの場所もどの施設も知りつくしたスペース＝ジェットのなかではなく、まったく未知の領域にいるかのように感じられた。空気中に妙な臭気が漂っている。かび臭さと異星のスパイス臭がまざったようなにおいだ。天井の照明も色が変わったように見える。記憶にある光よりもぎらつきが強い。静けさで息がつまりそうだった。以前、ここでは機器の作動音がして、ときおりシントロンのモジュールが相互に通信するときに発する、笛のような音が聞こえたものだった。いまはなにも聞こえない。まったくの無音だった。

ローダンは重い足どりでデスクに近づいた。手袋をはめた両手で容器をつかみ、動かそうとしたが、びくともしない。天井の下の高い位置に、青白く光るエネルギー構造体が浮かんでいるのが見えた。サーボだった。

「シントロン！」かれは大声で呼んだ。

応答はない。かれは司令コンソールへと向かった。コンソールのスイッチが切れている。スイッチに手を触れると、何列かの表示灯が点灯し、機器が使用可能になった。〈OPEN COM〉とコマンドを打ちこむと、サーボにもう一度、呼びかけた。

「シントロン！」

やはり応答はない。かれはさらにコマンドを入力した。すると突然、コンソールの上に明るいスクリーンが出現した。文字が見える。質問がインターコスモで表示されていた。

〈ペリー・ローダン〉と、かれは返信した。コンソールの操作に慣れていないため、文字を正確に入力するのに気を遣う。

〈よろしい、ペリー・ローダン〉と、返事がきた。〈資格が認められた〉

かれはかぶりを振った。シントロンがこのような面倒な方法で乗員と通信するなんて、何千年前の話だ？　つづけて慎重に入力する。

〈フェレル・ウバル、ロニカ・マッセンジル、アルスロープ・ロン＝ソナスはどこだ？〉

返事はなかった。だが、レジナルド・ブルが突然、驚いてなかば窒息したような声をあげた。ペリー・ローダンが振り向いた。司令コクピットの中央に置かれたデスクの上にある、ドーム形の容器の色が変わっていた。いまは暗い赤色に光っている。どこかから声が聞こえてきた。インターコスモだった。

「艇内にようこそ、ペリー・ローダン。おまえは強大な敵と衝突した。敵はいま、この瞬間にもおまえを滅ぼすことができる。だが、おまえの無力で絶望的な努力を見るのは楽しい。おまえが破滅する時はそう遠くない。だが、当面は生かしておいてやる。おまえの敵は、ペリー・ローダン、このわたしだ」

「きみはだれだ？」ローダンは怒声をあげる。

「おまえがいま、質問をしたのなら、ペリー・ローダン」未知の声はいった。「これは録音だから、わたしはおまえに返事ができない。返事の代わりにいってやろう。この贈り物を受けとれ、ペリー・ローダン。そして、敵がいかなる種族か知るがいい」

暗い赤色に光る容器がデスクの表面からはずれ、ローダンに向かって浮遊してくる。

＊

ローダンはドーム形の容器を両腕で抱きとめた。内部のどこかにモーターが隠されているようだ。そのスイッチが切れたあとでも、容器は軽量だった。かれは容器を開けるための機構を探す。だが、はずせるような蓋も底もない。この容器は一体成型されているようだった。

レジナルド・ブルはロボットを一体、呼び寄せていた。ローダンはロボットに容器を手わたし、命じた。

「できるだけ早く持ちだして、CIM＝2と《シマロン》の中間地点に置いてくれ」

ロボットは滑るようにその場を離れた。

「ずいぶんと大口をたたいてくれたものだ」ローダンは怒りが収まらないようすだった。「敵が用意した爆弾を手ずから自分たちの船内に運ぶほど、われわれが愚かだと思っているのか。もしそうなら、すぐに驚かせてやる」

レジナルド・ブルは首を横にかしげた。かれは不安そうだ。

「わかりませんよ。われわれが恐れるべきものが、爆弾なのかどうか」かれはいった。

「つまり、やつは……それがだれにせよ……われわれを滅ぼす、べつの手を用意しているのかも。われわれの居場所を知っているようだし……」

「そもそも、それが問題だ」ペリー・ローダンは憂鬱そうに認めた。

そのとき、未知の声がまた話しはじめた。

「おまえが贈り物をもう手にとったと想定しよう、ペリー・ローダン。それをよく見ろ。そこにはおまえが重要とみなす情報がある。だが、いまはおまえと同行者に、この艇を一刻も早く去ることを勧める。助言を無視したら、結果に責任は負えないぞ」

ローダンとブルは顔を見合わせた。

「真に受けるべきです」とブル。

ローダンはすでにヘルメット無線を閉じていた。

「アルファ゠ツー！」ヘルメット無線を通じてかれの声が響く。

「アルファ゠ツーです、どうぞ」通信役のロボットの片方が応答した。

「艇内のどこかで爆発物が見つかっているか？」

「いいえ、ありません」

「それでも……」ブルはつぶやく。

ペリー・ローダンは一瞬だけためらった。

「すべてのロボットは艇を出て《シマロン》にもどれ。待て！　一体だけはここに残れ」

「了解しました」

ほどなく、重いハッチが開く音がした。アルファ＝ツー部隊が指示どおり、エアロックから出ようとしている。そのロボットの一体が、司令コクピット内に浮遊してきた。

「ここで起きることをもらさず監視してくれ」ローダンが命じた。「すべてのデータを《シマロン》に送るように」

「了解しました」

「ここを出るぞ！」

エアロックのハッチはどちらも開いたままだった。外は猛烈な嵐がしぶとく吹き荒れている。降りしきる雨のなか、稲妻が光っては消えをくりかえす。ローダンとブルはグラヴォ・パックを作動させる。ふたりがエアロックを出ると、突風に襲われた。人工重力フィールドが飛行を安定させる。

ＣＩＭ＝２と《シマロン》の中間地点にくると、雷雨で薄暗いなかに赤い光が見えた。命令を受けたロボットがきっちり中間の地点に、光る容器を置いていた。このロボットは自発的に容器付近にとどまり、エネルギー・バリアを作動させて、この〝贈り物〟をきびしい天候から守っていたのだった。

ふたりがまだ《シマロン》から数百メートル離れた場所にいたときだった。背後にまぶしい赤い光が輝いた。数秒後に激しい爆発音がとどろいた。ふたりは立ちどまり、あたりを見まわした。篠突《しのつ》く雨のせいで詳細はわからないが、スペース＝ジェットがあった場所に黄色い火の玉がひろがっている。黒く厚い煙に包まれながら、火は豪雨のなかを百メートルを超える高さまで燃えあがり、ようやく勢いがおさまりはじめた。

レジナルド・ブルの不機嫌そうな声がヘルメット通信から届いた。

「ロボット一体と、スペース＝ジェット一機がおしゃかだ」

＊

一刻もむだにはしない。嵐がまだ高原を吹き荒れるなか、二個のロボット特殊部隊が派遣された。一方はCIM＝2が爆発した場所を調査する。三名の乗員の運命を解明する手がかりを、残骸から見つけるためだ。もう一方は、ペリー・ローダンが自称〝敵〟から贈り物として受けとった、赤く光る容器の周囲にドーム状のフィールド・バリアを設置し、この物体の分析をはじめた。爆発物の疑いがぬぐえないことから、ロボット自身も個体バリアを展開する。分析作業は結果を早く知りたいローダンの希望よりも、遅々と進むことになった。ロボットは測定機器などを容器にあてたいとき、まず自分の防御バリアに構造亀裂を生じさせる必要があった。この作業は時間がかかり、忍耐力がほとんど底をつきそうになった。

ローダン、ダントン、アトラン、ブルの四名は、司令室に隣接する会議室にこもっている。狭い室内には、充分な通信設備が備わっていた。両ロボット部隊の活動に関する情報が逐一、伝えられてくる。だが、会議は……すくなくともいまは……べつの議題をめぐって展開されていた。

「その声はインターコスモを話していた。したがって、意味の解釈を論じる余地はない」アルコン人は出来ごとの切迫性に、苦々しさを多少忘れたと見え、ふたたび積極的に議論に加わっていた。「かれは自分のことを〝おまえの敵〟といったな。これまで、われわれは敵をカンタロという種族全体だと考えていたが、今後は個人とみなすべきか？」

「カンタロのトップかもしれませんよ」レジナルド・ブルはいった。「かれらにもヒエラルキーはあると思いますがね。ほかのどの種族にもあるように。そのトップが自分をペリー・ローダンの敵と宣言したのでは？」

「可能性はあるが、あまり説得力はないですね」とロワ・ダントン。「そのカンタロのトップとローダンは一度も会ったことがないのに……」

「それがダアルショルだったらどうだ」ブルがさえぎった。

ロワ・ダントンは一瞬、面食らったが、首を振った。

「そうは思いません。録音でわれわれ全員が聞いたメッセージは、個人的な敵意の話でした。カンタロと、かれらが戦うすべての者とのあいだの敵意ではなく、個人間の個人的な敵意と聞きとれた。その個人の片方はここにすわっていますが、もう片方は名前すらもわからない」

「その点については、いまは憶測するしかない」とペリー・ローダン。「もっとはるかに重要なことがある。ご存じのとおり、わたしは《シマロン》がメガイラ星系に着陸したのは、ラカルドーンが相応のデータをなんらかの方法で、航法記憶バンクにこっそり挿入したからだと推測していた。この考えはかなりむりがあると、最初から思っていたがね。だが、いまとなってはべつの可能性を考慮せざるをえない。未知の敵はわたしの動きを逐一、追跡する能力を持っているようだ。かれにはつねに、わたしのいる場所がわかっている。かれは当面はわたしを苦しませるといった。わたしをもてあそぶつもりらしい。だが、このままではいずれ、わたしはきみたちの足手まといになる。その前に対策を講じないと」

みなが唖然としてかれを見つめた。ロワ・ダントンが切りだす。

「それこそ、たんなる憶測でしょう！　その対策など……」

「憶測以上のものだ」ローダンがさえぎった。「アンブッシュ・サトーとも短時間だが話をした。かれの考えでは、この未知者はわたしの細胞核放射のハイパーエネルギー性成分を、遠距離からでも測定できる、あるいは、わたしの細胞活性装置の特徴的な散乱放射を測定できる技術手段を持っている可能性がある。カンタロの卓越した技術にかんがみれば、そのような脅威の確率はけっして低くはない」

議論はここで中断された。この数分間、その場のだれもが、各種のデータや画像の表示にほとんど注意をはらっていなかった。突然、セッジ・ミドメイズのよく通る声が響くと、みなはっとした。

「新情報があります」かれはいった。「ペリー、アトラン……わたしの声が聞こえますか？」

呼びかけに応じ、サーボが接続を切り替えた。あらたにスクリーンが出現した。医師がうつっており、そのうしろでロボットたちが動いているのが見える。草の茂った地面の上に、未知の容器が置いてあった。もう光をはなっていない。表面の色はマットな銀色で、ロボットたちがスペース＝ジェットに進入したときに見た、最初の色にもどっていた。

「驚かないでください！」ミドメイズは両手を上げ、ストップという仕草をした。「わたしはフィールド・バリアを解除しましたが、それはこの物体に危険がないことがわかったからです」

かれは身をかがめ、ドーム形の容器を持ちあげた。

「開閉機構を見つけたので、もう簡単に開きますよ」かれは説明する。

カメラが容器の台座をうつしだす。そこに一辺が十五センチメートルのガラスの立方体が、とめ具で固定されていた。立方体はやや濁った液体で満たされており、液のなかには、正体不明のなにかが浮いている。それは柔軟な物質の薄い層で、大きさは二十平方センチメートルほど。カメラが接近し、奇妙な構造物を至近距離で観察できるようになった。

「最終的な調査はラボでしないといけませんが」ミドメイズはつづける。「ここでゾンデを使って調べた結果をお伝えします。立方体内の液体は培養液。そこに浮いている布切れのようなものは、細胞組織のサンプルです。生物の皮膚から採取したものといえます。どんな生物かはまだわかりませんが、わたしの見まちがいがなければ、ヒトに由来するものです。半数体、つまりハプロイドの染色体数は二十三本。この数は〝ホモ・サピエンス・テレストリス〟に典型的です」

かれは自分の報告が引き起こす影響に気づいていないようだった。なんらかの反応を、かれは期待していた。迅速で徹底的な作業への賞賛すら予想していたかもしれない。だが、かれの前に浮かぶちいさなスクリーンにうつる四つの顔は、凍りついたような表情でかれを凝視するばかりだった。その目に宿る驚愕の光が、かれを困惑させた。

「それでは、わたしはできるだけ早く作業を完了し、結果をご報告します」

かれはあわてていうと、接続を切った。

＊

重苦しい空気がしずまるまで、しばらくかかった。ペリー・ローダンがいかにもかれらしく、最初に口火を切った。

「このところ、混乱する出来ごとつづきですが」かれはできるだけ、さりげなくいった。「友よ、あらたな出来ごとに、いちいち茫然とするわれわれではない。まともな相手ではない……」

アトランのきびしく真剣なまなざしを受け、ローダンは黙りこんだ。

「〝この贈り物を受けとれ、ペリー・ローダン。そして、敵がいかなる種族か知るがいい〟」アルコン人はきびしい声で、敵の言葉を引用した。「きみに自分の細胞のサンプルを送ってきたにちがいない。すると、きみの敵は……ヒトなのか？」

「だからなんです？」ローダンは反発した。「ほかのテラナーがわたしを狙っているとしても、べつにはじめてのことじゃありません。過去六世紀半に銀河系でなにが起きたのか、われわれにはわからない。地球のだれかがカンタロの支配者にのしあがっているかもしれないし、その男が〝テラのホールに住む悪魔〟かもしれないでしょう」

「セッジ・ミドメイズはまだ、最終的な結果を出していないんですから」レジナルド・ブルが双方の興奮を静めようとする。「たとえ、敵の染色体の半数がほんとうに二十三本だったとしても、この宇宙には、テラナーと同じ数の染色体を持つ種族はごまんといるはず」

「われわれが知るかぎり、存在しない」アトランが反論する。「レムール人の後裔《こうえい》や特定の霊長類をのぞけば」

「それでも……」ブルがいいかける。

「セッジ・ミドメイズの結果が出るまで待ったほうがいい」ロワ・ダントンがきっぱりといった。「見てください。容器が置いてあった場所が片づいている。おそらく、ミドメイズはすでに作業にとりかかっています」

嵐はおさまり、雨はやんでいた。厚い雲がところどころ切れ、赤みを帯びた恒星の光が、いく筋か差しこんできた。一日、すなわち六十時間のうち、すでに三分の一強が過ぎていた。容器の分析を試みていたロボットたちはもう見えない。セッジ・ミドメイズが帰還させていた。容器そのものはおそらく、とうに医師のラボに移されたのだろう。CIM＝2の爆発場所を調査していたロボット部隊も帰還の途についた。かれらがこれまでに見つけたものからは……画面に表示されたさまざまな情報から判断するかぎり……スペース＝ジェットの運命が解明される望みはかなり薄かった。フェレル・ウバル、ロニカ・マッセンジル、アルスロープ・ロン＝ソナスのことを思うと、ペリー・ローダンの心は悲痛に満たされた。かれらがカンタロの手に落ちたとしたら、生存の見こみはほとんどない。

一時間が過ぎた。だれもが他愛のない会話をし、ここ数日間の不可解な出来ごとに触れることを、懸命に避けようとした。食事を頼むと、ロボットたちが運んできて給仕した。みな黙々と食べ、飲んだ。

　事前の連絡もなく、いきなりハッチが開いた。だれもが顔を上げると、そこにセッジ・ミドメイズが立っていた。かれはとり乱しているように見えた。まぶたが神経質に痙攣している。目はおちつきなく泳ぎ、まるで方向を見定めようとするかのようだった。ハッチの枠につかまり、からだを支える。その手は震えていた。

「こっちへこいよ、セッジ」レジナルド・ブルがやさしくいった。「どんな幽霊に出くわしたか知らないが、ひと口飲んだほうがよさそうだ」

　ミドメイズは無言で申し出を受け入れた。ブルの横の腰かけにすわると、ワイングラスに手を伸ばし、いっきに飲み干した。その直後、かれはやにわに話しだした。

「前回、みなさんと話をしたとき、わたしはいわゆる〝贈り物〟の意味がわかっていませんでした。ＣＩＭ＝２の艇内で作成された録音を、わたしは船にもどってはじめて聞いたんです。

未知者はペリー、あなたにみずからの生体物質サンプルを送ってきた……かれがどの種族かあなたが知るように、といって。この発言はわたしには最初から不可思議でした。ペリー・ローダンの敵がテラの人間であることが、そんなにたいしたことなのか、と。かれの言葉の裏に、べつの深い意味が隠れているはずだと思ったんです。そこでわたしは、ゲノムの解析を開始しました」

医師が間をおくと、すかさずロワ・ダントンがたずねた。

「テラナーであることは確かなのか？」

「確かです。〝ホモ・サピエンス・テレストリス〟という種の典型でした」ミドメイズが答えた。

「自然に生まれたのか、それとも人工的に生みだされたのか？」レジナルド・ブルが訊いた。

この質問は医師を動揺させたようだった。

「そんなことを聞かれても……遺伝子パターンではわかりませんよ」ブルがなだめるような身ぶりをすると、ミドメイズはつづけた。

「船内に数千の生物の遺伝子パターンが保存されているのはご存じでしょう。データを保存したのは、なにかを特定するのに適時に利用できる、貴重な情報になると考えたからです。これまで、保存された遺伝子データを利用したことはなく、今回、未知のゲノムを解析したあとにはじめて援用しました。敵がほんとうに未知の相手かどうか、確認しておきたかったので」

「先に訊きたいことがある」とペリー・ローダン。「ものはほんとうに皮膚の一部なのか？」

「まちがいありません。上腕あたりから採取したと予想されます」

「わかった」ローダンはうなずいた。「説明をつづけてくれ。もうじゃまはしない」

話を進める前に、セッジ・ミドメイズがかれを見つめた視線が、ローダンの心にひっかかった。医師はほんのすこしのあいだ、空になったワイングラスをもてあそんだが、かかった。だれかがワインをつごうとすると、あわてて断る仕草をした。そして、こういった。

「未知のゲノムの一部、ほぼ半分は既知でした。残りの部分は、保存された遺伝子パターンのどれにも該当しません。いっている意味がわかりますか？　われわれが相手にしている生物は、ほかのすべての生物と同様に、ふたりの親から生まれています。その親の片方を特定でき、もう片方はわからない、ということです」

かれの声が緊張し、それがほかの者にも伝播した。

「だれだったんだ？」すかさずローダンがたずねる。

セッジ・ミドメイズはかれを見た。その目には心痛があらわれていた。

「ゲシールです」弱々しい声でかれが答えた。

ペリー・ローダンの顔色が変わった。真っ青な顔にやつれた表情……こんなかれをだれも見たことがない。

ぞっとするような沈黙がその場を包みこんだ。

サイコテロリスト

ペーター・グリーゼ

登場人物

ペリー・ローダン……………………銀河系船団最高指揮官
アトラン………………………………《カルミナ》指揮官。アルコン人
ジョア・デヌシス……………………同医療責任者
セッジ・ミドメイズ…………………《シマロン》首席船医
アカランダ・ベルツィ………………同心理学者
アンブッシュ・サトー………………同超現実学者
イホ・トロト…………………………《ハルタ》指揮官。ハルト人
ホーマー・G・アダムス……………ヴィッダーのリーダー

1

男は足先からへそまで、薄いシーツがかかっただけの姿だった。そのからだは、微光が明滅する反重力ベッドに横たわっている。ちいさな集中治療室は、柔らかなグリーンの光で満ちていた。静まりかえっている。数々の機器が音もなく作動していた。

男の額には、裸眼では近づかないと見えないほどちいさなセンサープレートが、いくつも装着されている。縦横数ミリメートルのこのセンサーはかれの首、胸、手首にもあり、ほぼすべての身体データをリアルタイムで測定する。その結果は、さらに見えにくい糸のように細い線を介して、反重力ベッドの上のシントロニクス医療ユニットに伝達される。

男は目を閉じたままだ。その彫りの深い顔はほとんど動かない。唇が不規則に、ほとんど気づかないほどわずかにぴくりと動くだけ。呼吸は非常に浅く、このからだにはもう命の望みがないかと思いそうだった。

反重力ベッドの横の奥に直立するパネルには、大きさも機能もさまざまな多数のディスプレイがある。そこに、かれの身体に装着したセンサーや、室内の検査・測定機器で計測した、男の健康状態や体調に関するデータが表示されていた。

透明な壁の向こうの隣室で見守る、医療の専門知識があまりない者たちでさえ、そのデータを見れば、この患者の主要な身体機能はまったく正常であることがわかる。脈拍にとくに乱れはなく、許容範囲の中央値だった。

体温も安定しており、三十六・二度と、まさに健康そのものの人間の数値だった。変動幅はどの測定点でも百分の五度を明らかに下まわり、この身動きしない男はすこぶる体調がいいことをしめしている。

呼吸のリズムは一定ではないものの、呼吸頻度の変動はちいさいため、懸念材料にはならない。

男が横たわる反重力ベッドは、シントロン制御要素の働きで、ほぼ硬直状態の身体に瞬時にフィットし、外部から男に負荷がかかることはない。かれは考えられるもっとも快適な形で休んでおり、外見からは不自由な点は見あたらなかった。

血圧をからだの十八個所で同時に計測すると、まったくもって安定している。その数値は、ヒト科の生物をあつかったことのある医師なら、だれもが理想的とみなす値《あたい》いだった。

以上のことは、透明な壁の向こう側で、ほぼ完全に硬直した患者の真の容体に関する情報を黙って待ち続ける、心配そうな視線の五名にもわかった。

二列のディスプレイに表示されるそれ以外の値いは、いずれも専門家にしか理解できない。三名の専門家は、集中治療室の反重力ベッドのそばに立っていた。そのうちの二名はときおり、患者を監視する医療ユニットと接続されたシントロニクス制御コンソールの操作をする。操作の指示は、指揮をとる首席医師がジェスチャーで伝えていた。

集中治療室のなかにいる三名は、男性が二名、女性が一名。その表情には困惑があらわれている。首席医師がそんな顔なのは、この患者の容体への責任が自分にもあると感じていたからだ。

かれの二名の助手はアカランダ・ベルツィとジョア・デヌシスといい、若い女性と経験豊かな老医師だった。女性と首席医師はいずれも《シマロン》の乗員だ。首席医師の名はセッジ・ミドメイズ。かれは自身を、その波乱万丈の人生でいまだかつてなく狼狽《ろうばい》していると感じていた。かれが船医をつとめる《シマロン》は、惑星シシュフォスのこのからほど近くで、修理が終わるのを待っている。デヌシスは《カルミナ》の正規乗員だ。

この奇妙な患者のいる集中治療室は《カルミナ》の船内にある。

ミドメイズは縮れた巻き毛を振りみだしていた。太い鼻が神経質にぴくぴくと動いている。かれにはわかっていた。外にいる五名になにかいわないといけない。それをかれらは待っている。反重力ベッドに横たわる男の容体に関する、はっきりした情報を待っているのだ。かれらはディスプレイの表示がすべて理解できるわけではない。それを説明するのがかれの仕事だ。説明しなければ。健康に問題がないように見えるこれらの数値は、この患者の容体のほんの一部をしめすにすぎないということを。

人間はからだだけでできてはいない。ほかにも持ちあわせているものがある。それは心、意識、自我などと呼ばれるものだ。精神が病むと、生物の肉体的な部分も破壊されることがある。

首席医師は声を出さずにぶあつい唇を動かしながら、両手でふたりの助手に、集中治療室のシントロニクス医療ユニットをもちいて探すべきデータを知らせた。ふたりはすぐに正しいデータを探し出した。透明な壁の向こうで待つ者たちのいらだちは増す一方だった。

それでもまだ、セッジ・ミドメイズは黙っていた。かれはよく早口で話しすぎて誤解されたり、まったく理解してもらえなかったりする。それをかれは自覚していた。だが、この状況では慎重に言葉を選ぶ必要があった。なぜなら、この症例は重大性の判断がむずかしいケースだからだ。そもそもこれは、自分が早急な説明をしたばかりに起きてしまった。この患者は〝自分の犠牲者〟なのだ。その一方、患者の早い回復の望みもほぼすべて、かれの肩にかかっている。

「どうした、ドクター〝偏平足〟？」外からかすかに声が聞こえてきた。きっとだれかが大声で叫んだのだろうが、集中治療室の設備で遮音され、かれがようやく聞きとれる程度の声になった。かれのぎこちない歩き方への揶揄《やゆ》は聞き流す。状況があまりに深刻だったからだ。「きみの診断結果は？」

医師はそっけない手ぶりで、やかましい相手を黙らせた。この患者の病状はほかに類を見ない。データがいくらあっても、早急な診断は禁物《きんもつ》だった。

その理由から、かれは超現実学者のアンブッシュ・サトーでさえ、集中治療室から締めだしていた。《カルミナ》の医療責任者、ジョア・デヌシスは要請に応じ、経験豊富なミドメイズの助手をみずから買ってでると同時に、《カルミナ》のすべての医療施設を提供したのだった。

外で待っている五名のなかには、白ブロンドのアルコン人、アトランもいた。石のようにこわばった顔は、かれの内面を推察させる。そのただならぬようすは、横に立つエイレーネとペドラス・フォッホも察知していた。でもふたりには、やはり反重力ベッドの上の男のほうが気がかりだった。

超現実学者のアンブッシュ・サトーは黙ったまま、独自のやり方で状況を観察している。互角の静けさを保っているのがアッタヴェンノクのベオドゥだ。かれは友情の絆《きずな》で結ばれたペドラス・フォッホのそばにいた。

「かれは身体的にはまったく問題ありません」セッジ・ミドメイズは腹を決め、ゆっくりと伝えた。いつもの癖に反し、ゆっくりはっきりと話しつづけ、あわてていいまちがえることもなかった。「ディスプレイの数値を見れば、だれでもわかりますね。それでも、かれは非常に憂慮すべき容体です。健常な生物が、情報を聞いただけで倒れ、意識不明になる例をわたしは知りません」

「先を続けてください」アンブッシュ・サトーがうながす。

「かれは外見からは意識を失っているように見えます」《シマロン》の首席船医はつづける。「だが、かれは身体的には意識がある状態です。しかも、ここで話すすべての言葉が聞こえているとわたしは思う。でも、かれの理性、意識、自我がなにも受け入れようとしない。かれが患う症候群は、簡単にいえばショックと呼べます。だが、なにかがちがう。それ以上なんです。かれは内なる下意識の命令によって、みずからを現実から引き離している。現実にまつわるものごとを、もうなにも聞きたくないし、見たくない。新米の医師なら心身症だというかもしれません。だが、その診断ではまだ不充分です」

「なぜだ?」外から声が響く。

「かれの脳は過剰に活性化しています」セッジ・ミドメイズは患者の脳波をうつしたデ

ィスプレイを指さした。「特定の領域だけが異常に活発で、そのほかは活動していない。ブロックされています。かれの下意識が、実際には健康なからだを制御している。からだは健康なはずなんです。理由はおわかりでしょう……細胞活性装置があるから。だが、かれの思考は意志の中枢にしたがわず、独自に進行する。詳細はわかりませんが、この点での矛盾は明らかです。それをのぞけば、かれの思考には一定の脈絡があることを、シントロニクスが確認しています。ごらんください」

アカランダ・ベルツィが医療シントロニクスに、さまざまな脳の活動を解釈し、言葉にしたものを表示させた。医療技術的な解釈結果は、理解しやすい言葉に同時変換される。ただし、この手法も完全に信頼がおけるものではない。なぜなら、人間の脳の秘密はNGZ一一四四年になっても、完全には解明できていないから。

とはいえ、透明な壁の向こう側の者にも、患者が基本的にどんな思考をめぐらせているかはわかる状態にはなった。変換後にもっとも頻繁にあらわれる言葉は、なんらかの意味を持っているはず。医療シントロニクスは頻出語を関連性によって整理した。

ゲシール、犯人、怪物、凌辱者
地獄、真実、楽園、愛
絶望、羞恥《しゅうち》、屈辱、驚愕

そのとき突然、反重力ベッドに横たわっていた患者が起きあがり、激しい叫び声をあげた。ディスプレイの数値が急激に上下する。シントロニクスの警報信号が鳴り響いた。医療シントロニクスの圧力調整装置が、センサーから伸びる極細の線に患者が触れないように制御する。かれの両手と上半身が、ベッドの上にやさしく押しもどされていく。

「Ｋ＝９６４の注射を提案します」シントロニクスの声が伝える。「思考中枢を鎮静させる作用があります」

セッジ・ミドメイズは同意した。内心、その薬剤がこの患者に効果があるとは思えなかったが。

医療ロボットが作動する前に、患者のからだが勝手に倒れた。男はまた硬直し、まったく動かない。

「かれはまた、現実から隔絶しました」助手のアカランダ・ベルツィが男の挙動を解釈した。「かれのからだはここにありますが、精神は破壊され、知性はどこかにいってしまった」

「そのとおりです」測定値を確認し、老医師のジョア・デヌシスはいった。

セッジ・ミドメイズはなにもいわなかった。かれは身動きしないからだを見つめていた。かれが説明したわずかな言葉が、意図せずこんな状態におちいらせてしまったのだ。愚かだった。自分は驚くべき発見をした。それを誇示しようとして、当事者の精神的な影響を考えもしなかった。ほんとうに大ばか者だ。

ベッドに横たわる男が不憫《ふびん》でならなかった。その容体に責任も感じていた。自分のせいで起きたこの出来ごとがどのような影響をもたらすのか、かれにはまだ予想もつかなかった。

反重力ベッドの男、現実から逃避するこの男は、ペリー・ローダンだった。

＊

二時間後、《カルミナ》の会議室に要員たちが集まった。セッジ・ミドメイズがペリー・ローダンの診断をひとまず終え、主要なメンバーを招集したのだ。この会議はほとんど危機対策会議の様相を呈《てい》していた。なにしろ、先ごろ敗北を喫したとはいえ、ほぼだれもが最大の期待をかける男をめぐる会議だったから。

首席医師の診断は、治療法を考える段階に達していた。かれは事前にそう公表し、みなの期待を呼びさました。会議にはジョア・デヌシスが同行したが、助手のアカランダ・ベルツィは参加していない。

ミドメイズが明確な診断をくだし、回復計画をしめすと予告したことから、《カルミナ》、《モンテゴ・ベイ》、さらに広範な修理作業に猫の手も借りたいほどの《シマロン》からも、主要なメンバーが全員、招集に応じていた。

「当初のわれわれの予想は正しかったことがわかりました」医師は挨拶もなく会議を始めた。「ペリー・ローダンがおちいっている状態は、白日夢、あるいは現実からの無意識の離脱、あるいは心身の解離状態と呼ぶことができる。この状態をあらわす、学術的に確立された用語はありません。患者がほんとうに病気であればべつですが、かれは病気ではない。この精神的な見せかけの病を、わたしは〝離脱症候群〟と呼ぶことにしました。〝見せかけ〟だからといって、この症状を軽視してはなりません。その逆です。われわれが相手にしているのはほとんど未知の症例で、そのことが対応をより困難にしているのです」

かれは集まった聞き手を見まわすが、みな黙って聞くばかりだ。

「ペリーはこの状態でも、まわりで起きていることをすべて聴覚的に聞きとっている。それは確かです。だが、まだ反応をしない。われわれは通常の薬で、かれを精神的なバランスの崩れから回復させようと試みましたが、かれのからだは反応しません。その原因として考えられるのは、まず細胞活性装置。一方で、かれの無意識の意図もまちがいなく作用しています。ということは、つまり活性装置はかれの状態を病とは認識していない。だから、その状態を変えようとしない。そう、わたしは診断します」

「かれの意図がわかりません」ペドラス・フォッホがいった。「その挙動は理にかなわない気がします」

「一見、そう見える。破壊されたスペース＝ジェットによって、未知者の組織サンプルが未知の送り主から届けられたのは、みなさんご存じでしょう。さらに最初の調査から、その遺伝子構造が明らかにペリー・ローダンの妻、ゲシールと、未知の生物に由来するとわかったことも。このことをペリーに、あまりに早急に配慮なく伝えてしまったのは、わたしのミスです。それを伝えたことで、かれの心身に離脱症候群のトラウマ反応が引き起こされてしまった。その伏線となったのが最近の失敗です。かれは悪い情報に対してとりわけ過敏になっていた。それに対する配慮がたりなかった」

「それは理解できます」とフォッホ。「でも、それはショック後のかれの挙動、つまり、現実からの完全な隔絶の説明にはなりません」

「それは無意識の、あるいは意図せざる反応で」セッジ・ミドメイズが説明をつづける。「簡単にいえば、かれの意識の防御反応だ。現実から隔絶し、感覚器官とのすべての連絡を断ち切った。これは、さらなる混乱を引き起こす情報から自分を守るために、もっとも確実な方法です」

「それも理にかなわないように聞こえます」アンブッシュ・サトーは指摘する。「かれはまわりの出来ごとを聴覚的に聞きとっている。そう、あなたはいいましたよね」

「そのとおりです。かれの耳には聞こえている。だが、聞こえたことは、かれの深いところにある、精神的なショックを感受し、離脱症候群におちいった意識中枢には届いていない」

「いいたいことはわかった」アトランが目を上げた。かれの言葉は首席医師にはありがたかった。「似たような例を知っている。細かい点で合致しない部分があるとしても、きみの説明は承知した。だが、それよりはるかに重要な問題がある。どうすればかれを、この状態から連れもどせるのだ？」

「まさにその点が重要です」セッジ・ミドメイズは深呼吸をする。「かれの脳波と、脳の各領域の活動を監視し、測定したところ、ペリーが自分自身と闘っていることがわかりました。かれの自我の一部分が現実にもどろうとしている。たとえそれがまだ、かれにとって残酷で衝撃的であろうとも。現実的な部分が優位を占めるのは時間の問題です。ただ、その長さがわからない。理論上は数カ月から数年はかかるかも……そんなことはむろん、われわれには受け入れられません。なので、わたしはこの期間が短くなるよう適切な助力をしたい」

「どうやって？」エイレーネが訊いた。彼女は未知者の細胞組織の検査結果には、ほとんど反応をしめしていない。自分の母親が関係する問題だというのに、驚くべきことだ。「かれはわたしの父。わたしの言葉には反応するかも」

「どうでしょう」セッジ・ミドメイズに確信はなさそうだ。「かれがなにに反応するかはまだ、よくわかりません。だが、ひとつ確かなことがある。離脱症候群は、言語行為や聴覚処理によって引き起こされます。同じ方法によってしか、中和することはできない」

「父はわたしには特別な反応をしめすと思うわ」エイレーネはくりかえす。「父のところにいってもいい？」

「いけません」首席医師は拒絶する。「重要なのは、かれに話しかける人ではなく、その内容です。いまはアカランダ・ベルツィがかれについている。彼女は人類を専門に研究する卓越した心理学者で、綿密な計画を立ててペリーを見守っています。かれのからだになんらかの測定可能な反応があれば、すべて記録されますから。アカランダが最初の実験の準備を終えました。われわれも参加しましょう」

医師が合図を送ると、ジョア・デヌシスが携帯型ディスプレイのセンサーボタンを操作した。聞き手の前に集中治療室のホログラム映像があらわれた。

アカランダ・ベルツィは反重力ベッドの横の腰かけにすわり、二枚の朗読フォリオを手にしている。制御モニターに目をやり、短くうなずくと話しはじめた。彼女の声はソフトで心地よかった。

「わたしの声が聞こえていますね、ペリー。あなたは安静状態にある。あなたのこのすばらしい感覚を、わたしは強めたい。そのために、聞いてほしい言葉がある。それは太古の書籍の言葉で、何年も前にわたしは個人的な日記に書きしるした。その言葉に、わたしの意識のなかで新しい命を吹きこむために」

彼女は最初の朗読フォリオを自分の顔の前に持ちあげ、やはり温かい声で続けた。

「笑いのない宇宙船など考えられない。ユーモアのない、だれもにやりとも、くすりともしない、ちいさな世界なんて。世界全体が狂っている、なにもかも狂っている。しかし、ユーモアさえあれば、この世界で持ちこたえられる。われわれの宇宙船に生まれる笑い……それこそが、船のほんとうの心臓の鼓動であって、シントロニクスの光速信号の静かな流れではない。笑いはわれわれが伝える熱の燃料、われわれが放射する光のスイッチなのだ。笑いはわれわれを導き、形づくり、最悪の苦悩や最大の苦痛を忘れさせてくれる」

反重力ベッドの男は動かない。測定値もほとんど変化はない。

アカランダ・ベルツィは最初の朗読フォリオをわきに置いた。なんの反応もなくても、彼女は確信に満ちているようすだ。

また彼女は話しはじめる。その声には、嘲笑と皮肉に満ちた辛辣《しんらつ》な響きがあった。

「大半の者は受容と無気力を混同するが、大ちがいだ。無気力は状況を変えるためにできることと、できないこととの区別がつかない。受容はこのふたつを見わけられる。無気力は行動する意志を失わせる。この意志を、受容は耐えがたい重荷から解放する」

反重力ベッドの上部にあるディスプレイの数値が変動しはじめた。身体機能のデータだけが異なる動きをしめす。わずかずつ一定して上昇したが、危険な限界値に近づくことはなかった。

「作戦的中だ」セッジ・ミドメイズが満足そうに確認した。「かれの意識が動きはじめた。トラウマの最初の障壁は破られました。アカランダの功績です。あとはペリー自身がやってくれるでしょう」

かれはジョア・デヌシスに合図を送った。

「あっちへいくぞ」

ふたりは急いで会議室をあとにし、集中治療室に入る。そのときだった。ペリー・ローダンがベッドから起きあがった。かれは目を開け、周囲を見まわし、自分の裸の上半身を見た。そして、その場にいる三名を短く確認する。

「セッジ」かれの声に、いつもの確固たる響きはない。明らかに震えている。「だれか服を持ってきて、センサーをはずしてくれ。それから……」

「それから?」医師がくりかえす。

「ある人とふたりだけで話をしたい」

「ふたりだけで。それはいいことです。だれとですか?」

ローダンはふたりの助手が医療シントロニクスのセンサーをはずし終わるのを待った。アカランダ・ベルツィがかれの服を簡素な腰かけの上に置く。彼女とデヌシスは治療室から出た。

ローダンは服を着ながら、集中治療室を観察した。細部まで目を配る。

「いま、すべてを外に伝えているんだな」かれはいった。「それなら、わたしが話をしたい人物も聞いているだろう。わたしが安定をとりもどすためには、いろいろと解明しないといけないことがある」

「だれと話をしたいのです、ペリー？　エイレーネですか？」

「エイレーネ？　いやちがう」テラナーは明らかにいらだったようだった。「彼女はわたしを助けられない。わたしにはアトランが必要だ」

「かれ自身が悲惨な状態です」セッジ・ミドメイズはすぐに、ローダンがこの反対意見を許さないとわかった。

「アトランにわたしの居室へきてほしい」テラナーはいい、立ちあがった。「いますぐに」

2

ペリー・ローダンが仮住まいに選んだ《カルミナ》の心地よい居室に、旧友たちがふたりきりですわっている。ローダンはいま、《シマロン》の船内では必要とされていない。首席技師のヴェエ・ユィイ・リィが修理作業をとり仕切っており、作業はまだ数週間は続きそうだった。

アルコン人の目にこの居室の状況は、ローダンが二日前の卒倒後におちいった状態と似て見えた。この友はいまも周囲の世界から隔絶している。かれは……所定の警報システムをのぞいて……外部とのすべての通信手段を遮断し、入口のハッチを追加で機械的にもロックしていた。

ちいさな丸テーブルにはいくつかの飲み物があったが、ふたりとも手をつけない。黙ってたがいの目を見つめている。まるでその目のなかに、ほんとうの慰めと、残酷な問いへの答えを見つけようとするかのように。

「ひどい顔をしていますね、ご老体」ようやくローダンが切りだした。

「気持ちも同じだ」アトランは皮肉もなく認めた。「きみの心身の状態と外見については、わたしからは意見をさしひかえたい」

「では、わたしからいいましょう」ローダンは両手を組み、キャビンの床を見つめた。

「わたしは完全にまいっています。煩悶《はんもん》し、心が疲れ果ててしまった。できればもう……」

「やめろ！」アトランが力強くさえぎった。「へんな考えはやめるんだ。自分を憐れむな。自分たちの状況を引き起こした張本人は、われわれ自身。あまりに近視眼的で、視野が狭く、軽率だった。あるいは、なにかがちがっていた」

「ちがっていた？」ローダンが目を上げた。「そうかもしれません、ご老体。われわれに責任があるのは確かです。まさにそのせいで、すべてがひどい状況だ」

「おたがいの傷をなめあうのはよそう。われわれにとって有益にはならん」アトランがこぶしでテーブルをたたいたので、グラスが飛び跳ねた。「冷静な視野をもち、未来に目を向けなければ。敗北によって意気消沈していてはいけない」

「いうは易く、おこなうは難しです。その強靭《きょうじん》な意志はどこからくるのですか？」

白ブロンドの男は短い笑い声をあげた。

「わたしはこの確固たる意志をいまは持っていない。付帯脳がわたしに伝えたことを、ただくりかえしただけだ。この脳は情動に左右されることはない。わたしが《クレイジー・ホース》の炎の嵐でバス＝テトのイルナを失おうが失うまいが、付帯脳にとってはどうでもいいこと。わたしに向かってなにも気にせず、イルナはもう生きていないといいはなつ。ペリー、わたしは長年の孤独をへて、わたしの人生でなくてはならない存在になった女性を失った。この喪失を、わたしは嘆きはしない。ただ、頭が整理できず、心が消化できないのだ。わたしのなかの空虚、この落胆を、わたしは克服しなければ」

「バーンアウトですね」ローダンはいった。「わたしをバーンアウトから適時に連れだしてくれたのが、アカランダ・ベルツィの箴言《しんげん》です。その言葉はわたしの意識のすみずみまで作用しました」

「なんといった？」

「バーンアウトです。活発な人間の気力が突然、衰え、再出発する力をなくした状態を、かつてそのように呼んだのです。つまり、燃えつきた状態で、からだは生きているが、心は植物状態になる」

「われわれは未来に目を向けなければ」アルコン人はくりかえした。「ブリーやロワ、そのほかの者たちもそうしている。かれらは《シマロン》の修理を進めてくれているが、それは楽しい作業ではない」

「わたしはまず、現実を理解したいんです。それから、過去を。だから、あなたと会って話したかった。わたしは一見、精神が不在のような状態だったときも、活性していたんです。数々の疑問を自分に投げかけていた。あなたは、わたしがその答えを見つける助けになる。わたしには答えが必要なのです。だから、あなたとふたりきりで話したかった」

「いったいどうしたんだ、ペリー？」

「あなたには率直にいいます。わたしは打ちひしがれ、傷つき、いらだち、不安になっている。あるいは、同じ方向性のなにかに襲われている。そのいちばんの要因は、わたしの人生目標ではない……それも、わたしが見失うことのない大切なものですが。主因はゲシールなんです。その点で、われわれが耐えるべき苦悩は似ています」

「似ていない」アトランは陰鬱な声でいい張った。「イルナは死んでしまったが、ゲシールはきっとまだ生きている」

友がそういうと、ペリー・ローダンはぎくりとしたようすを見せた。だがアトランには、かれがなにに反応したのかわからなかった。

「七百年近く、ゲシールに会っていないんです」テラナーが応じた。

「それは相当、おおげさだ。六百九十七年のうち、きみは六百九十五年のあいだ、停滞フィールドにいたのだから」アトランがからかった。「もう忘れたのか」

「もちろんわかっています、ご老体」ローダンの顔がすこし赤くなった。「だが、ゲシールはこの年月をずっと生きてきたという事実を、あなたは見落としている。彼女は停滞フィールドのなかで時間を超越したわけではない。その長い年月のあいだに彼女になにが起きたか、知っていますか?」

「もちろん知らない。それでも、きみの懸念は理解できる。きみがいいたいのは、例の細胞組織の一片だろう。あれが……」

「わたしの口からいいましょう」テラナーは怒りを爆発させる。「どこかの奇怪な生物が彼女と関係を持ち、彼女に私生児を産ませ、その子が自分の細胞組織の一部をわたしに送りつけてきた。わたしが地獄の苦しみを味わうように、と。そして真相の半分を知らせてきて、この残酷な出来ごとの全容は知らせようとしない。そんなことに人間が耐えられますか?」

「きみなら耐えられる」アルコン人は答えた。「だれかに耐えられるとしたら、それはペリー、きみだ」

ローダンはこの励ましの言葉には反応しなかった。

「問題は、この汚いはずかしめだけではないんです、友よ」かれの口調がやや穏やかにもどった。「確信と疑念が相《あい》なかばで、無数の疑問がわたしを責め立てる。過去にほんとうはなにが起きたのか、いつ、なぜ、だれによって引き起こされたのか……そのすべてが持つ意味を、だれがわたしに教えてくれるのでしょう?」

アトランは黙ったままだ。

「あれは」テラナーはつづけた。「NGZ四四七年、わたしがタルカンに転移してから二カ月ほどたったときでした。コスモクラートの使者と称する者が惑星サバルにあらわれ、ゲシールを連れ去った。わたしはわざと〝使者と称する者〟といいました。それは、この話をわたしは、タルカン宇宙でわれわれが遭遇してから、あなたとプロジェクションキューブから伝えられたとおりだとは思っていないから。それはともかく、そのあとゲシールになにがあったのか？　あの生物が自分の存在の明らかなあかしをわたしに送りつけたことに、どんな意味が潜んでいるのか？　わたしを精神的に破滅させるつもりなのか？　わたしの居場所をどうやって突きとめているのか？　わたしをどう思っているのか？」

「その疑問にはまだ、だれも答えられない」アトランもややおちつきをとりもどし、険しかった額のしわが消えた。「そのうち答えがでると断言することすらできない。一方で、わたしにはいくつかの重要なつながりが見えてきた。ペルセウス・ブラックホールでの出来ごとに、未知の敵がからんでいるにちがいない。というのも、例のスペース＝ジェットはあの戦闘の現場から帰還した。敗戦はカンタロのせいだ。したがって、未知の敵はカンタロともなんらかのつながりがあるはず。そしてその黒幕は、きみの居場所も知っている」

「そこが重要なポイントです」ローダンが口をはさむ。

「そのとおり。それから、細胞組織の一片の件はいまわしい冒瀆《ぼうとく》だ。あまりに卑劣で、わたしは送り主に深い嫌悪の念を抱くばかりだ」

「かれがゲシールから生まれていても？」

「それでもだ」アルコン人は主張する。「きみに無用な苦痛をあたえたくはないが、未知者に遺伝子を提供した生みの親は、ゲシールひとりではない」

「事態がどうであれ」ローダンはみずから、いったん区切りをつけた。「すべてを消化するのがどんなにつらくとも、冷静な頭を保たなければ。わたしは〝ゲシール〟というテーマをまず数分のあいだ、考えないようにします……たとえあの……」かれは言葉を選んだ。「……あの奇怪な宿敵がわたしに地獄をもたらすとしても。われわれの状況をどう思いますか、アトラン？」

「ペルセウス・ブラックホールでの敗北は、カンタロとの戦いにおいて、また銀河系の解放にとって、まずい後退だ。残った三隻の船内はどこも、雰囲気が最低に近い。《シマロン》はひどく傷ついている。われわれふたりもだ」

「そのとおりです」テラナーは旧友に同意した。「わたしにとっていま、最大の問題はゲシールと彼女の運命です。だがもうひとつ、べつの危険を感じている。それは、われわれと〝ヴィッダー〟に直接かかわる危険です。直近の出来ごと、つまり、カンタロに対する敗北、宿敵のメッセージ、さらにその敵がわたしの居場所を見つけているという事実を総合的に解釈すると、これはわれわれ全員があらたな危険にさらされていることをしめしています」

アトランは黙ったままうなずいた。

「未知の敵は」ペリー・ローダンはつづける。「この点でもわたしに謎をかける。かれはわたしの居場所を知っているのに、わたしを滅ぼそうとせず、翻弄《ほんろう》するばかり。なぜでしょう？」

「その点でも明確な答えは出そうにない。きみ自身にもすでに、いろいろな考えがあるだろう。わたしもほかの者たちも同じだ。だが、それらはすべて理論上の話にすぎない」

「敵はわたしがペルセウス・ブラックホールの近傍にいることを、正確に把握していました。すくなくともこの点は、わたしにとってはもはや理論以上の話です。同じくらい確実に、かれはここ、惑星シシュフォスでのいまの居場所もつかんでいる。シシュフォスの旧文明の地下要塞でゲシールの幻影と遭遇したことが、その証明になります」

「わたしが〝理論上の話〟といったのは」アルコン人はいいなおす。「その方法のことだ。未知者はきみの居場所をどうやって突きとめたのだ？　かれはなんらかの、きみに固有の身体放射を探知できるのか？　それは細胞核放射のハイパーエネルギー性成分なのか？　それとも、きみの細胞活性装置のオーラなのか？　どちらも一見、かなり信じがたいことだが、それよりましな考えは、まだわれわれには浮かんでいない」

「ヴィッダーでしょう」ローダンはかぶりを振った。いやな考えを振りはらおうとするかのように。「考えてみてください。宿敵はわたしを探知できるし、ヴィッダーの存在も知っている。だが、この抵抗組織の基地はわかっていない。敵は自分を優勢に見せかけ、とくにわたしを翻弄する。わたしがヴィッダーの助けを受けるよう、仕向けようとしているんです。つまり、わたしをヴィッダーのもとに飛ばせたい。そうすれば敵は一石二鳥だ」

「考えられるな」アトランは迷わずいった。「わたしの考えはどうだ？　敵はきみに、ヴィッダーにとって自分は危険な存在かもしれないと気づかせた。敵はきみにそう認識させたかったのだ。そう気づいたら、きみはどうする？　友に警告しようとするだろう。つまり、きみか、われわれの側のだれかが、ヴィッダーとコンタクトをとることになる。それだけで、この未知の敵は所望の手がかりをつかむことができる」

ペリー・ローダンはうなずいた。

「それがどうであれ、とにかくホーマー・ガーシュイン・アダムスとかれの仲間には警告しなければ。わたしが生きている証拠をしめす必要もある。なにより、ペルセウス・ブラックホールで大敗を喫したあとでは、現状の認識を共有することがきわめて重要です。わたしはまもなく《カルミナ》で拠点惑星アルヘナに飛びます。たとえ、それによってわたしがヴィッダーを危険にさらすとしても」

「決意は変わらないか？」

「変わりません。ですが、その前に明らかにしたいことがある。それはゲシールのことです。ペドラス・フォッホの記憶解剖によって、わたしはゲシールに関する最初の、曖《あい》昧《まい》で謎めいた情報を得ました。地下の通廊での遭遇と、プロジェクター装置らしきものの残骸の発見が、第二のシグナルです。一方、あなたはまだゲシールがサバルに残したプロジェクションキューブを持っていますね。状況が変わったいま、それをもう一度、徹底的に吟味すべきです」

「きみはすでに、そうほのめかしていたな」アトランはうなずき、同意した。「きみのいうとおりだ。ただ、ジェフリー・ワリンジャーが当時、あのキューブを調べ、本物と断定したことはきみも知っているはず」

「かれにも、まちがいはあるかもしれません」

「キューブをとってこよう」アトランは立ちあがった。

かれがローダンの居室を出ようとすると、入口にセッジ・ミドメイズとアンブッシュ・サトーが立っていた。その数歩うしろには、アカランダ・ベルツィもいる。

ペリー・ローダンは不快そうな声を発した。

「緊急にお伝えしたいことがあります」首席医師がいった。超現実学者が真顔でうなずき、かれの要求を支持する。「あなたの健康のことで」

「わたしはもう完全に回復したと感じているが」ローダンは不満げにつぶやく。

「じつはそうではありません」とセッジ・ミドメイズ。「これまでに評価した医療ステーションのデータが明確にしめしています。再発の可能性があるので、医療の専門家を常時、あなたのそばにつけることをお許し願いたい」

ペリー・ローダンとアトランは無言で視線をかわした。首席医師はこのような場面で頑として譲らないことを、テラナーはよく知っていた。すこしためらったあとで、かれは同意した。

「アカランダがまず、この任務を引き受けます」とミドメイズ。「どうか勝手に行動したり、こっそり逃げだしたりなさらぬように」

「服従を誓おう」ローダンは寛容な笑みを見せようとしたが、あまりうまくいかない。

「だが、彼女は求められたときしか、話さないようにしてくれ」

「承知しました」助手で心理学者の女性は居室に入り、片隅にしゃがみこんだ。彼女の表情からは、なにを考えているのかわからない。

サトーとミドメイズが立ち去るまで、ローダンは黙っていた。

「では、キューブをとってこよう」アトランはいい、出ていった。

すると首席医師がローダンのところにもどってきた。

「わたしは事態をとても深刻にとらえています」かれが強調する。「アカランダ・ベルツィはもちろん、あなたを絶えずつけまわし、しつこくつきまとうことはありません。でも、医療ロボットが用意でき、彼女と交代するまでは、ずっとあなたのそばにいます」

「それはもう了承した」とローダン。「わたしのどこが悪いのだ?」

「あなたの下意識の脳波に懸念がありまして。サトーもあなたのなかに、なにか現実に合わないものを見たと主張しています。ご存じのとおり、かれは超現実学者ですから。あなたの活性装置はそのなにかを病気と認識しないため、回復させないようです」

「注意するよ。異常があればすぐにアカランダに伝えるから」ローダンは約束する。

「すこしばかり女性といっしょにいても、わたしの害にはならないだろう」

この言葉にも、やや無愛想な心理学者は表情ひとつ変えなかった。彼女はさまざまな医療機器が入ったちいさな袋を持ちこんでいた。テーブルの上に機器を置き、作動させる。そして出力フォリオのちいさな束をとりだすと、熱心になにかを書きこんだ。

＊

ペリー・ローダンは椅子でくつろいでいた。アトランは無言で銀色のキューブを再生装置にセットし、着席した。アカランダ・ベルツィは持ちこんだ記録をぱらぱらとめくっている。ふたりの男たちや、《カルミナ》のこの居室の出来ごとには関心がないように見えた。

ローダンとアトランはキューブの記録が終わるまで、無言でホログラム映像と聴覚信号を追った。

「なにも変わったところは見つからなかった」ローダンはがっかりしていった。「すべて、あなたの報告や以前の記憶と一致しています」

「なにを見聞きした？」アルコン人はたずねた。「きみがどう感じたか、教えてくれ。もしかすると、われわれの役にたつかもしれない」

「そうします」ペリー・ローダンはうなずき、同意した。「ゲシールはこの記録で、はっきりとは認識できない人物と会話をしています。この未知者は、最初は耳に聞こえず、目に見えない。コスモクラートの使者と称していることが、ゲシールの言葉からわかる。そして、かれがそのような身分であることを、彼女は明らかに受け入れ、認めている。だが、彼女はこの使者を個人的には知らない。なので、かれはカルフェシュではありません。すると、この未知者はぼんやりした影として姿をあらわした。おぼろげだったが、おそらくヒューマノイドです。背が高くて痩身《そうしん》。でも、くわしいことはわかりません」

「きみはその影が最後に語ったことには触れなかったな」アルコン人はいった。

「わたしはかれの発言をもう重視していません。発言はヘクサメロンとの対決や、ネットウォーカーの終焉が近いなど、七百年前に重大だった状況に関するものです。だが、その影はそんな出来ごとには関与せず、利己的な行為にはげんでいた。いまではそう思います。その行為で生まれた産物に、かれ自身かべつのだれかが、われわれに組織サンプルを届けさせた。あるいは、その産物そのものが送りつけた」

「その可能性はあるが、証拠はない」

「この記録の重要な部分をもう一度、見せてください」ペリー・ローダンは求めた。

「どこかにきっと、われわれが見落とした情報、ゲシールに関する手がかりがあるはず」

アトランはそうは思わないようだったが、それでも銀色のキューブを再起動した。

「ふたつの点に注目します」とテラナー。「記録の第一の部分ではゲシールの言葉と身ぶり、第二の部分……つまり、タイマーが働き、ブロックが解除されたあと……では影の存在の言葉と身ぶりを、それぞれ細かくチェックします。そのさい、当時の状況に関する内容はすべて無視していい。本筋ではない添え物ですから」

ふたりはまた腰をおろした。まず、ローダンがべつの記録装置に保存した、ゲシールの言葉を追跡する。

「……わたしはあなたを知らない。わたしがあなたに同行すると同意する前に、あなたは自分が何者なのかを証明しなければならない……」

「……もう充分。あなたの権威を認めます。さあ、いってください、わたしはなにをしたらいいんです……」

「……わたしは確信しました。わたしはあなたがたと、はなれなくてはなりません……」

「……わたしが簡単に納得できたわけではなかったとわかるでしょう。わたしはこのようなことそのものに否定的なのではなく、むしろ付随状況が気にいらないわけです。とはいえ、いずれにせよ、やらなければならないことはやらなければならない。だからわたしは行くの……」

ペリー・ローダンはかれの記録装置で切り替え操作をした。ここから、影の存在がアトランに語る部分がはじまる。この部分には当初、アクセスできなかったが、時限ブロックが解除されたあとに、ワリンジャーによって発見されたのだった。

ホログラム映像の一部が暗くなり、暗闇のゾーンが形成された。そのまんなかに影の輪郭が見えてきた。顔のないヒューマノイドで背が高い。影の存在がしわがれた声で話しはじめた。

「おまえにメッセージがある、アルコン人。だれからのメッセージかとおまえは訊くだろう。コスモクラートからだ。おまえは深淵の騎士であり、深淵の騎士はコスモクラートに仕えると誓いをたてた。深淵の騎士は――ケスドシャン・ドームで騎士に叙せられたか、あるいはスタルセン外壁のずっと高いところで授けられたかどうかはともかく——宇宙の秩序の勢力への奉仕に専念してきた……」

このあとに続く言葉をペリー・ローダンはそらんじていた。そこには、ゲシールやその失踪に関係しそうな詳細情報はまったくない。この部分はアトランへのメッセージとして作成されたので、ゲシールの情報がある第一部とは無関係だった。

陽動作戦か？　未知の存在のフェイントなのか？　つまりこの存在が、コスモクラートとネットウォーカー、コスモヌクレオチド・ドリフェルとモラルコード、さらに最後の六日間とヘクサメロンをめぐるみずからの知識を駆使して、自分の計画から目をそらさせようとしたのだろうか？

ジェフリー・アベル・ワリンジャーはこのメッセージを本物と断定している。だが、影の存在が使用した、まちがいなく圧倒的にすぐれた技術を前にして、その断定はなんの意味がある？

そもそも、記録の冒頭でゲシールが対話する相手は、影の存在と同一なのか。その公算は非常に大きいとみられるにせよ、証拠はじつのところ存在しない。

不信感がつのる。

ペリー・ローダンはみずから作成した短縮版をもう一度、再生し、アトランはそのようすを黙って辛抱強く見守った。そのあとでかれはもう一度、オリジナル版を再生した。

つづいてふたりで議論したが、結局、新情報はなにも得られなかった。プロジェクションキューブには、ゲシールの運命に関する具体的な情報も、隠されたヒントも存在しない。

すくなくとも、ふたりの友にはなにも見つけることができなかった。

ローダンはため息をついて立ちあがった。そのとき、かれの目がアカランダ・ベルツィをとらえた。

「きみのことをほぼ完全に忘れていたよ」かれは声をかけた。「きみは高度な訓練を受けた心理学者だったな。いまの話をどう思う？」

「ほんとうにわたしがしゃべっていいんですか？」女性は揶揄するようにいった。「わたしは黙っていないといけないと思っていました。わたしの意見でしたら、ペリー、ふたつあります」

「聞かせてもらおう」

「第一に、あなたはいまの容体では、またゲシールへの愛のせいもあって、この記録のなんらかの異常を、たとえそれが存在するとしても見つけられる状況にありません。あなたの脈拍は、彼女が映像にあらわれると速くなる。また、脳波は強くなる一方、不明瞭にもなる」

「それがきみの機器で読みとれたんだな、わかった。第二のほうは？」

「もしだれかがそのメッセージを見て正しい判断ができるとしたら」医療助手は主張する。「おそらく、アンブッシュ・サトーだけでしょう。超現実学者にキューブをわたしたほうがいい。かれはこの件を聞いて、大きな関心をしめしています」

「悪くない意見だ」ペリー・ローダンは認めた。「きみの助言にしたがおう」

「それなら、あなたは医師の提案もきっと受け入れてくれるでしょうね」心理学者はつづける。「セッジはあなたをもう一度、まったくべつの視点から調べたいと考えています。あなたは最近、未知の敵があなたの活性装置か細胞振動を探知できるのではないか、という疑念を口にしましたね？」

「そのとおりだ。それで？」

「医師はそのような放射のくわしい検査ができる、ラボを準備しています。一時間以内にかれのところにきていただけますか？」

ペリー・ローダンはこの申し出もすぐに承諾した。

3

ペリー・ローダンは首席医師を訪ねる前から、アルヘナに飛ぶことを決めていた。主要な要員にその旨を伝え、スタート時間を暫定的に一一四四年八月十一日の晩と定めた。出発まで、まだ三十時間以上ある。

かれはこの時間の余裕が欲しかった。かれ自身はヴィッダーへの警告は、急を要するとみなしてはいた。

それでも一刻を争う必要はなかった。

かれはまず、セッジ・ミドメイズがかれのからだと細胞活性装置を調べた結果を待ちたかった。その結果が、拠点惑星アルヘナの抵抗組織ヴィッダーを訪問するにあたって、非常に重要な意味を持つ可能性があったから。

自分はほんとうに危険が大きい存在なのか？　かれにはわからなかった。自分は未知の敵によって実際に常時、探知されているのか？　情報が得られるなら、どんな機会でも利用しなければ。

《カルミナ》はカンタロに偶然発見される危険を最小限におさえるため、いくつもの飛行段階をへて低速で慎重に、地下組織の惑星に近づくことが求められる。よけいな無線通信も、接近段階では避けなければならない。

惑星シシュフォスには、どのみち飛行不能な《シマロン》のほか、《モンテゴ・ベイ》も残されることになる。後者は《シマロン》の防護が必要となったときに、船を守るために使用される。ただし、カンタロの集中攻撃があったら、ほとんど役にたちそうにない。

だがそれ以上、利用できる戦闘力はなかった。

ペリー・ローダンは同行者をすぐに決定した。セッジ・ミドメイズ、アンブッシュ・サトー、ペドラス・フォッホのほか、自由商人と友好の絆を結んでいる誠実なアッタヴェンノクのベオドゥという顔ぶれだ。医師の警告も、この決定に一役買った。ローダンはみずからの実際の状態をどう評価すればいいのか、自分ではわからなかったから。

アトランはいずれにせよ乗船する。ローダンが《カルミナ》に居所をかまえていても、これはアトランの船なので。そのほかの主要な要員はみな、まずはシシュフォスにとどまることになる。かれらは《シマロン》のために必要だったから。ただひとりの例外はアカランダ・ベルツィだ。セッジ・ミドメイズが彼女を手ばなすことはない。

ローダンはこれまでのところ一度も懸念材料を提供することはなかったが、この女性は根気強く、ペリー・ローダンの〝心理的な番犬〟を演じつづけた。この予防的措置の必要性を疑う者はいなかった。ローダン自身でさえも。

ローダンはセッジ・ミドメイズのラボに入った。医師もジョア・デヌシスも大いそがしで、入室者にまったく気づかない。そのとき、ローダンは〝ゲシール〟という名前を耳にした。その場にじっと立ったまま、聞き耳を立てる。

ふたりの言葉のやりとりをしばらく聞いていると、この医師と助手がペドラス・フォッホの記憶解剖について話していることがわかった。ミドメイズがこの処置を施してから、二週間あまりがたっていた。

ローダンは最初の結果を伝えられていた。この自由商人は捕虜になっていたあいだ、自白剤が投与されていた。ペドラス・フォッホは当時のことを意識的には覚えていない。そして捕虜だったかれは、カンタロによる尋問で、ゲシールの画像を見せられた。

それがこの行方不明の女性の夫に、衝撃をあたえたのだった！

そのとき突然、ある推論がローダンの頭にはっきりと浮かんだ。カンタロはかれの妻を知っているにちがいない。さもなければ、かれらはフォッホに尋問で見せたホログラム画像を持っているはずがない。

自由商人は誤った被害者だったのだ。かれはゲシールをまったく知らなかったから。そのことをカンタロは知らなかったようだ。

だが……

もしかれらがゲシールをそれほど執拗に探しているとすれば、彼女はかれらにとって重要な役割を果たすはず。その彼女はかれらのところにいないが、私生児はそこにいる。そして彼女の配偶者にショックをあたえるため、自分の細胞組織のサンプルを送りつけてきた。

カンタロはそれを知っているのだろうか？　ペドラス・フォッホのブロックされた知識のなかに、そのヒントがあるのだろうか？　フォッホが持っていると考えられる情報のうち、解読できているのはまだ、ほんの一部だった。

ジョア・デヌシスはフォッホの最初の実験に立ち会わなかった。この実験でセッジ・ミドメイズは、カンタロの捕虜の埋もれた意識から大量のデータを抽出しており、解読が待たれている。

その解読にいま一度、とり組む必要があった。ペドラス・フォッホの意識から抽出したデータは、大量に手もとにある。ただ、読みとり、解読することが進んでいなかった。セッジ・ミドメイズは助手に、この難解な調査についてくわしく指導しているところだった。

ペリー・ローダンのうしろにアカランダ・ベルツィがあらわれると、かれは咳ばらいをして室内のふたりに存在を知らせた。この女性は控え目で無口。ローダンには、まるでそこにいないかのように感じられた。

アカランダ・ベルツィはとても魅力的でスリムな女性だった。ローダンは彼女を痩《や》せすぎで、すこし背が高すぎると思ったかもしれない。それでも彼女は全体的に感じのいい印象をあたえ、六十歳は確実に超えているのに、三十代くらいに見えた。

ローダンとセッジ・ミドメイズの目が合った。すると、ふたりの医師が短く視線を交わした。どちらの側にも不安がよぎる。緊張した空気が漂った。

「ペドラスの意識データをさらに調べるためのラボが完成しました」ミドメイズが説明する。やや、ばつの悪そうな顔を見せていたが、それも一瞬だった。「これでもっと、いろいろなことが明らかになると期待しています。それには何日も、あるいは何週間もかかるかもしれません。でも、重ねて強調しますが、これでまちがいなく、もっと重要で興味深いことが明らかになりますから」

「だれ、あるいは、なにについてだ？」ペリー・ローダンがたずねる。

「カンタロについてです」ミドメイズはすこしためらった。「ゲシールのこともわかるかもしれません。誤った希望をあなたに持たせたくはありませんが、考えられる手がかりはすべて追跡します」

「手がかり？」ローダンがくりかえす。

「記憶解剖のデータを調べるのは容易ではありません。フォッホは薬物中毒でした。かれに意識的な記憶はなくても、体験したことは、かれの頭のどこかに存在しているはず。したがって、わたしが読みだして、まだ解読できていないデータのなかにもあるはずなんです。そのデータは薬物によって暗号化されている」

「どうするつもりだ?」ローダンが訊いた。

「ペドラス・フォッホの意識データを解読します。最初の作業段階、いわば情報パッケージの概要調査の作業は、ジョア・デヌシスがひとりで進めます。わたしはアカランダが助けてくれるとはいえ、あなたと、あなたの精神状態のチェックに時間が必要ですから。フォッホの意識データの本格的な解読には、デヌシスとわたしがふたりでとり組みます。そのほうが、より多くのことがわかるかもしれないので」

「きみはもっとべつの検査をしたいんじゃないのか」ローダンはいい、数時間前に心理学者のアカランダ・ベルツィがいったことをほのめかした。

「そのとおりです。アカランダから、あなたが了承したと聞きました。そのためのラボは隣室に用意しています。検査はすくなくとも一時間はかかります。非常に広範囲の周波数スペクトルを精査し、十四兆以上のインパルス列をシントロニクスに比較させる必要があるためです。つまり少々、辛抱していただくことになります」

「その用意はある」ローダンはためらいなくいった。「この検査はきみも知るとおり、わたしにとってとても重要だ」

ふたりは隣室に移動した。医師はローダンに、ベッドに横になるよう求めた。アカランダ・ベルツィが椅子をもってきて、ベッドの近くにすわった。今回も彼女は機器の入った袋を持ちこんでいた。彼女の身体データが測定値をゆがめることのないように、彼女はパラトロンに似たバリアに包まれている。その状態でもローダンの身体データを視覚的に追うことができるように、機器の袋をバリア・フィールドの外側に置いた。緊急時には彼女がすぐに対応できる。

「できるだけ安静にしてください、ペリー。そのほうが、あなたのからだのハイパー周波性の流れと、活性装置の評価がしやすくなりますので」と医師が求めた。

「安静にしよう」ローダンは理解をしめす。

「いちばんいいのは、眠っていただくことです」

「わかった」テラナーはいった。「そのほかに、わたしが知っておくべきこと、注意すべきことがあるか？」

「このラボはハイパーエネルギー性フィールドに包まれます」セッジ・ミドメイズは説明をつづける。「このフィールドが外部からのあらゆる影響を遮断するのです。アカランダ・ベルツィがあなたの安全のためにそばにいます。彼女も、あなたに固有のオーラから、完全に隔離されています。それでもまだ残っている影響があれば、シントロニクスにわかります。それではまた、一時間ほど過ぎてからお会いしましょう！」

すると医師はほぼすべての照明を消した。これもやはり、ローダンの意識に作用する可能性のある、あらゆる外部からの影響を遮断するためだ。アカランダ・ベルッィは物音ひとつたてない。彼女は出力フォリオを読むのもあきらめ、半分目を閉じた。ローダンは彼女がいまも、彼女のバリア・フィールドから医療検査機器のデータを監視していると信じて疑わなかった。そして、なにか不測の事態が起きれば、彼女がすぐに介入するだろう、と。

ラボいっぱいに、シントロニクスやそのほかの技術機器の静かなざわめきがひろがる……その音はローダンの想像の産物だったが、鎮静効果を発揮した。

数分後には、かれは眠りについた。彼女はかれの隣りで、かれの主要な身体機能と、とくに脳波の状態を見守った。

ベッドの周辺にある機器は、テラナーから放出される、どんなにかすかなハイパーエネルギー性のインパルスも、すべて記録する。主シントロニクスがその信号を、保存された既知のデータと比較し、評価した。その一方、高感度のハイパー受信機が引きつづき各周波数帯域を走査し、テラナーのからだ、あるいはかれの細胞活性装置からの放射やインパルスを探知する。

データは《カルミナ》のラボ区画にある別室に転送された。そこでセッジ・ミドメイズがシントロニクスのマルチディスプレイの前にすわり、根気強く手がかりを探している。

その壁一枚向こうではジョア・デヌシスが、ペドラス・フォッホの脳のデータにアクセスする準備に、熱心にとり組んでいた。

ことは動き出していた。だれもができることをした。

ところが《カルミナ》の船内では、まったくべつの事態も起きていた。だが、それにだれひとりとして気づかなかった。

気づくことはできなかったのだ。

あまりに巧妙に進められてしまったから。あまりに極秘に、だれにも気づかれずに。

そのうえ、きわめて根気強く。

気づかぬうちにすでに起きている事態と、これからすぐに起きるであろう事態……それらを引き起こす張本人は、知的能力が非常に高いはずだ。さもなければ、うまくいくわけがない……

＊

彼女は暗闇のなかからかれに近づいた。その顔には、期待とともに不安もあらわれていた。長いあいだ離れていたら、そんな気持ちにもなる。彼女にとっては七百年近くがたっていた。かれにとっては……実質……五年にも満たないが。

　ふたりは抱きしめ合った。口づけをする。言葉をかわすことなく、ひとつになった。だがその後……

「ペリー、わたしの愛する人、よき夫」

「ゲシール、すばらしいきみ、きみは女神だ……」

「女神のよう、でしょ！」彼女は自然な美しい笑いで、かれの言葉をさえぎった。「女神だなんて、ここでだれが望む？　そんな言葉をだれが恐れなく使う？　わたしにはできないわ、最愛の人よ」

「わたしのいいたいことはわかるだろう」ペリー・ローダンも安らいだ笑みを見せた。彼女の微笑は、はっきりした返事以上のものだった。それは理解、一体感、愛情だった。

「わかるわ、ペリー」ゲシールの声をふたたび聞き、味わえる。それはこのテラの男にとってすばらしいことだった。ペリー・ローダンはふと考えた。ゲシールははるかに長いあいだ、ほんとうになにもかも捨てて生きなければならなかったのだ、と。なぜなら……

　なぜなら？

かれは彼女を押しはなした。彼女の顔はうっとりするほど魅力的で、魅惑的だった。彼女の顔はかれを魅了した。彼女のすべてがかれを魅了した。

　七百年！

そのとき、ある思いがかれの頭にわき上がった。それは、かれがこの数週間、ずっと抑圧しようとしてきた事実だった。ペルセウス・ブラックホールでの戦闘は敗北だった。多くの者が命を落とした……このいやな記憶が呼び起こす苦い味が、かれの唇と脳を苦しめた。

「ペリー」ゲシールは用心深くかれに近づいた。

彼女を近くに感じると、かれはすべての迷いを忘れた。ふたりはつかのまの口づけをかわす。それは永遠へと変わっていただろう。次のことがなければ……

ペリー・ローダンの視界が突然、真っ暗になった。暗闇からふたつの人影が姿をあらわす。ひとつはゲシールだった。ほがらかに笑い、生き生きと快活で、輝いている……

〝もうひとり〟は力強く、人間的で、感じがよく……

……ほがらかに笑い、生き生きと快活で、輝いている……

似すぎていた。

「アトラン！」ペリー・ローダンは叫び、ゲシールを突きはなした。

そこにいたのは、旧友のアルコン人だった。ペリー・ローダンは両手のこぶしで殴りかかり、かれを床にたたきつけた。ゲシールはサラアム・シインさながらに熱唱をはじめたが、下手《へた》だった。

〝もうひとり〟が爆笑した。その笑いが周囲の世界をゆがませ、現実をくつがえした。

かれがだれだか、ペリー・ローダンにはよくわからない。だが、そこにはだれかがいた。そして、ゲシールも。

ゲシールと〝もうひとり〟はたがいに駆けより、抱き合った。ふたりは星雲と化し、そこに光り輝くふたつの色、鮮やかな赤と貪欲なグリーンが混ぜ合わさっていった。

ローダンはこの出来ごとをぶちこわしたかった。だが、いまはセッジ・ミドメイズのラボでベッドに横になっており、武器は手もとにない。かれは無力だった。耐えがたい心の痛みがかれのなかにわき上がる。

「死ね、冒瀆者め！」かれは絶望し、人影の顔に向かって叫んだ。

それが功を奏した。未知者は死んだ。

ゲシールがあとに残された。彼女がかれに近づく。そして、かれの腕のなかにもどってきた。その顔がかれに、説明はできないと語っていた。

「エイレーネ、それともわたし？」やにわに彼女がたずねた。かれには完全に思いがけないことだった。

ペリー・ローダンはなにかいおうとしたが、口がきけない。かれの口はふさがってしまった。セッジ・ミドメイズとアカランダ・ベルツィはどこにいるんだ？　なにが起きたんだ？　ゲシールが消えていく。

人影が……

もちろん、かれはペルセウス・ブラックホールの内部で、テラへの道を見つけていた。深い郷愁が満たされる時がくる。テラ、地球。わが地球。ちがう！　そのとき、ある思いが頭のなかに響いた。おまえにはテラが必要なのだ！人影がかれの顔を濡れた布切れではたき、かれを幻覚から引きはなした。すると、布切れを持った人影が突然、アカランダ・ベルツィに変わった。

ラボの入口にセッジ・ミドメイズが立っていた。経験豊かなこの医師に、困惑したようすはない。なんらかの異変は想定していたようだ。

ペリー・ローダンは啞然として頭に手をやると、ベッドから飛び起きた。

「あの状態からかれを引き離すのは大変でした」とアカランダ・ベルツィ。「でも、うまくいったと思います」

「ゲシール！」ローダンははっきりといった。「ここでなにが起きたんだ？」

心理学者はセッジ・ミドメイズに、この状況は解決できると暗に伝えた。《シマロン》の首席医師は、了解したと身ぶりでしめす。

「真実の一端を見ましたか？」アカランダ・ベルツィはとり乱したペリー・ローダンに近より、片腕でかれを抱いた。

「ちがう！」そのかれのいい方は、セッジ・ミドメイズとアカランダ・ベルツィにとっては、かれが現実にもどったこと、そして夢の幻覚を理解したうえで、自分の意識から遠ざけたことをしめす、明らかなしるしだった。「あれは真実ではない。だが、きみたち……体験していないきみたちには理解できないことが、ここで起きている。わたしは卑劣で狡猾《こうかつ》な精神攻撃の被害者、標的なのだ」

「精神的なテロ攻撃ということですか？」アカランダ・ベルツィが気遣いつつたずねた。

「サイコテロだ」ペリー・ローダンは鈍い声で答えた。

4

「あなたがトラウマのなかでなにを体験したのか、わたしにはまだ、くわしくはわかりません」セッジ・ミドメイズは、《カルミナ》の通信室でアトランとともにすわっているペリー・ローダンにいった。「サイコテロのようには見えます。でも、それはあなたの精神であり、それが生みだすものは、あなたからしか生まれません」

アカランダ・ベルツィも同席しているが、なにもいわない。

「すべてを記録しています」《シマロン》の首席医師は満足そうにいった。「あなたは予想された再発を起こしました。少々、時間はかかりましたけれど。わたしはご存じのとおり医師として、そのようなことをもうすこし冷静に判断します。つまり、やはりゲシールと未知者に由来する細胞組織の話になるのですが……」

「なにがいいたい?」ペリー・ローダンはさながら、いまにも爆発しそうな爆弾のようだった。

「われわれは最後の実験から、あらゆるデータを入手しています」《シマロン》の首席医師は冷静さを保った。「二十分もしないうちに、その解析結果が出ますから。お約束します!」

「身体放射のことをいっているのか?」ペリー・ローダンはまだ完全にいらだっていた。気持ちをおちつかせようとする。

「その結果ならもう、ここにあります、ペリー」

「さっさと出せ!」ペリー・ローダンが要求する。

アカランダ・ベルツィが心配そうな目をしてかれの横に立った。

「百パーセント完璧な結果です」ミドメイズは軽く拍手する。「あなたのからだも、細胞活性装置も、ゼロ光秒以上の距離で知覚できるものは、まったくなにも放射していません。われわれの技術システムはそういっています。未知者がもっと高精度なデータ受信機を持っていたら……」

「わたしは放射をしていない」ペリー・ローダンはいった。「ミニ発信機をわたしは装着していないし、細胞活性装置は外側に向けてなにかを発することはない。わたしのなかには、わたしの存在をばらすような異物はない……」

「いい結果でしたね」助手のジョア・デヌシスがいった。

「まったくいまいましい結果だ」ローダンが応じる。「この結果はわれわれが、わたしの宿敵とカンタロよりも劣っていることの証明だ。なにかがあるはず。きみたちがまだ見つけていないだけだ」

「だれもあなたを探知することはできません」セッジ・ミドメイズは断言する。

「そう思うか」とペリー・ローダン。かれの顔が苦痛をこらえるかのようにゆがんだ。

「わたしがリアルな夢で体験したことを聞いてくれ。非現実的で信じられないように聞こえるかもしれないが」

かれはゲシールと人影に夢で遭遇したことをつぶさに語った。どんな細部も忘れずに。客観的に伝えるよう努めたが、最後には涙しそうになった。

「ペリーもひとりの人間です」アカランダ・ベルツィが発言を求めた。「わたしは驚き、同情に堪えません。みなが協力して助けなければ、かれはこの精神的混乱から脱することはできません。かれを苦しめるのをやめてください、セッジ。われわれ全員で、かれを精神的に安定させる方法を探さなければ」

「かれを苦しめているのは、かれ自身だ。わたしはかれを助けようとしている。きみこそ、かれを助けたらどうだ！」ミドメイズはひるまない。「かれは薬物にはほとんど反応しないのだ。それに、心の痛みは薬ですぐに治せるものではない。時間と理解が必要だ」

「きみたちはどうでもいいことで争っている」ペリー・ローダンが力強く割ってはいる。

「この実験が一見、明確な結果をもたらしたことは承知している。だが、その信憑《しんぴょう》性を、わたしははっきりと疑っている。さらに、わたしは自分が容易に夢に襲われてしまうことに気づいた。このリアルな夢にわたしが襲われる理由を、きみたちは、ゲシールの運命がはっきりしないからだと思うだろう。だが、わたしはまったく異なる見方をしている。その理由を説明しよう」

「ペリー、きみはふたつの異なる点を混同して話している」アトランがはじめて口をはさんだ。「それをわけて議論したほうがいい」

「わかりました」ペリー・ローダンはすぐにいった。「あなたがいっているひとつは、敵がわたしを探知できる可能性。もうひとつはわたしが抱える、セッジ・ミドメイズが夢ではなくトラウマと表現した、心理学的な問題ですね」

「あれはそもそも夢だったのか？」アルコン人が議論を引き継いだ。かれは激昂した友に、ミドメイズが対応するのはとてもむりだと察したからだ。そうすることで、かれ自身のバス＝テトのイルナを失った心痛も、まだましにおさえることができた。

「まるで現実のように体験しました」ローダンは認める。「すべてが鮮明でリアル。そのときの状況とも相関性がある。つまり、セッジの検査や、わたしがラボにいることも反映されていました」

「それは非常に驚くべきことです」アカランダ・ベルツィがいった。「精神的ダメージを受けた患者に、通常は期待されない事象です」

「わたしは心身ともに病んではいない」とローダン。その言葉に非難の響きはなかった。「それを証明してみせる。だが、まずは例の百パーセントとやらの検査結果に話をもどしたい」

「けっこうなことです、ペリー」セッジ・ミドメイズは安堵の吐息をついた。「この結果はだれにも変えようがありませんから」

「きみが得たデータを疑うわけではない」ローダンはかすかな笑みを見せた。「ただ、結論が気にいらない。それに、きみが結果を発表し、解釈した方法も」

「その本意はなんです?」医師は憤然とした。明らかに不満そうだ。「もしや……」

「ちがうんだ、セッジ、組織サンプルの遺伝子構造をきみが早々に説明したことを、あてこすったわけではない。断じてちがう。それに、わたしが検査中にこの白日夢を見たことも、きみ自身とはなんの関係もない。わたしは完全に受動的に夢を見ていたから。ただ、あの結果をきみはべつのいい方で伝えるべきだったのだ」

「どのように?」医師が訊いた。

「こういうべきだった。〝測定中には、からだからも細胞活性装置からも、探知可能なハイパー放射はまったく放出されなかった〟」

「わたしはそういいませんでしたか?」

「ちがう。きみはおおげさに、百パーセント完璧な結果だといっただろう。そんなはずはない。なぜなら、滞在場所の探知につながりかねない信号を、わたしが特定の時間帯にしか発しない可能性を、きみは想定していないからだ。そのうえ、きみのラボの技術力を超える、ハイパー物理性探知法が存在する可能性も考慮していない」

「考慮はしましたが」ミドメイズはほとんど動じていないようすだ。「その外的事情を指摘する、特段の理由はないと思ったのです」

「その代わりにきみは、わたしとすべての同行者に誤った安心感をあたえようとした。わたしにはそう見えた。それをわたしは是認しない。われわれは行動においても思考においても、気を抜くことは許されない状況にあるのだ！」

「申しわけありません」医師は認めた。「ですが、そんな考えも意図もなかったんです。あなたのいい方のほうが確かに正しい。われわれはできるだけのことをしたまでです」

「それを疑う者はいない」ローダンはまた、責任感と指揮能力のある、自信に満ちた男にもどった。「次にもうひとつの、わたしの傷ついた精神の問題だ。きみたちは信じないかもしれないが、わたしは調子がいいと感じている。たとえ、心痛がわたしのなかで猛威をふるっていても。あの夢は一種の幻か、見せかけの現実だ。そんなものが自分の頭から生まれるわけがない！」

「それは興味深い」とミドメイズ。「つまり、どういうことです？」

「あのサイコテロの原因を、わたしの意識のなかだけに求めようとするのは賢明とはいえない」ペリー・ローダンは言明する。

「あなたのメンタル安定性は非常に高い」「なにか未知のものがあなたに影響をおよぼしているというご意見なら、わたしには信じがたい。その証拠はないと思いますが」セッジ・ミドメイズは不服そうに首を振る。

「証拠は山ほどあるぞ、ドクター。わたしの意識がいらだつどの瞬間、ゲシールや人影と夢のなかで遭遇したどの瞬間を見ても、その証拠が無数に見つかるばかりだ。きみたちはわたしを気の毒な症例だと見ているかもしれないが、それはちがう。だれかがわたしの意識に探りを入れているのだ！」

「その証拠はなにひとつありません」セッジ・ミドメイズは強調する。

「相手が巧妙だから、きみたち専門家にはサイコテロが、わたしの下意識の異常であるかのように見えてしまうのだ。その解釈はいうまでもない。〝ペリー・ローダンは自分の妻、ゲシールが未知者とのあいだに子をもうけ、それがいま敵としてあらわれたことを知り、ショックを受けている〟」

「そのように見えます」とアカランダ・ベルツィ。「でも、それは治ります」

「わたしの見方はすこしちがう。わたしはショックは受けたが、もうほとんど収まった。なにかあっても、わたしは切りぬけられるはずなのだ。遺伝子構造に関する医師の言葉を聞いたあと、わたしは意識を失ったが、それも外部からなんらかの操作があったのではないか。その情報を知ることがいかに残酷でも、それだけでわたしが完全に動転するとは考えにくい」

「精神的に病んだ者が、その行為の原因を自分の領域の外側に求め、見つけようとするのは、よくある現象です」心理学者のベルッィがいった。「そうすることで、さらなる非難から自分を守っているのです」

ペリー・ローダンはほほえんだ。

「きみはわたしも考えたことを、そっくりそのままいってくれたな、アカ。だが、そのサイコパスの標準モデルはわたしには該当しない。つまり、わたしはきみたちの非難から身を守る気などないのだ。きみたちの提案は聞き入れる。わたしの身体のどんな検査をしてくれてもいい。わたしには精神疾患を発症した者に特徴的な随伴症状はなにも見られないから。たとえば、うつ症状、自信欠乏、失感情、爆発性格……」

「あなたが本格的な精神疾患を発症するなんて、だれも思っていませんよ」セッジ・ミドメイズがかれの言葉をさえぎる。「それに、だれもサイコパスの話などしていません」

「わたしにはそのように見え、聞こえたが」ローダンは主張する。「この考えや精神インパルスも、やはり外部から吹きこまれたのかもしれない。もう一度、強調しておきたいが、わたしをくわしく検査してくれてかまわない。そしてもし、わたしがほんとうにばかげた行動をしていたら、きみたちの助けもほしい。だが、外部からのサイコテロだという、わたしの主張がゆらぐことはない」

「きみのいいたいことはわかった」アトランがいった。「次段階としてなすべきことは？」

「みんな自分で判断できる、いい年でしょう」ペリー・ローダンは応じた。「わたしはすこし引っこむことにします。休息は害にはならないから。それに……」かれはすこしほほえんでみせた。「アカはどうせ、わたしのそばから離れないでしょう」

「ほかにいっておきたいことは？」アトランはたずね、友に意図的に指示をうながした。

「ペドラス・フォッホの意識データの解読を頼んだぞ！　セッジはそこにはまだ、なにかが見つかると断言した。あらたな情報はすべてわたしに知らせてくれ。アンブッシュ・サトーには、銀色のキューブの内容、つまりゲシールの最後の生の手がかりについて調べてほしい。いまやかれは超現実学者として、七百年前のワリンジャーとは異なる能力を備えているはず。それ以外、われわれのスケジュールに変更はない。すなわち、《カルミナ》は遅くとも一時間後にスタートする。わたしは三日後にアルヘナに着きたい。ヴィッダーにどうしても警告しないと」

だれもかれに反論しなかった。じつはかれは当初のスケジュールを反故《ほご》にしたうえ、アルヘナへの二万五千光年という距離に対してかれが設定した飛行時間は、二日ほど短縮されていたのだが……

＊

《カルミナ》は七時間前から宇宙空間にいる。惑星シシュフォスとの無線通信は、安全上の理由から中断されていた。どちらの側も、ハイパー通信受信機だけはまだ特定の信号コードを受信できる状態だったが、そこで待機する要員たちは、なにも受信しないことを願った。どんな受信も、宇宙にいるこの船か、孤独な惑星にいる両部隊のいずれかが、危険におちいっていることを意味するから。

アルヘナへ向けてはハイパー通信の連絡もなかった。今回の訪問は、抵抗組織にも予告をしていない。いま事前に情報を伝えることは、発見される危険をまねくだけだったから。

アトランは船内のすべての重要な措置の調整を引き受けていた。それは正式な指揮官であるかれの任務だった。なにより重要な任務は、飛行データの決定だ。だが、今回はほかに注視すべきことがいくつもあった。超現実学者アンブッシュ・サトーの研究作業に、セッジ・ミドメイズが助手のジョア・デヌシスとともに進める調査の進展状況。そしてもちろん、アルコン人のまなざしが見守る先には、旧友のペリー・ローダンがいた。

アトランは経験豊かで、多少のことでは動じない。ペリー・ローダンよりも数倍、年上だ。それでもバス＝テトのイルナを失ったことに、これまでにない苦しみを味わっていた。かれは長い人生で数々のパートナーを得ていたが、あの美しいアコン人ほど、心の絆を感じたことはなかったのだ。かれは心のなかでつぶやいた。自分の心痛は友の苦しみよりも大きい、と。ローダンにはまだ、ゲシールに再会する可能性が残されていたから。

そうはいってもアトランは、かれ自身の心の奥底にある痛みに向き合うことに長《た》けた男でもあった。次なる任務に打ちこみ、アルヘナであらたな価値ある目標を開拓することで、前へ向けて決定的な一歩を踏み出せるよう願った。結局のところ、かれがだれかを愛した時間の総和は、かれが戦い、捜索し、探求し、苦しみ、争った時間に比べれば、ほんのわずかでしかなかった。

あの出来ごとはもう変えることはできない。かれの意識のなかでは生々しいままだとしても、それは過去のことだから。ペリーの場合はちがう。かれのほうが大きな痛みをあらわしてはいる……それでも、かれにはまだ心に希望があった。

アルコン人は疑問も感じていた。ときに奇妙な旧友の行動や体験は、かれの下意識だけから生まれているのだろうか。そもそもアトランは、ペリー・ローダンのそんなようすを見たことがなかった。それを外部の影響だとするローダンの意見を、完全には否定できないでいた。

アトランは心のなかで思った。このことを友に伝えたほうがいいのではないか、と。かれはきっと孤立無援だと感じているはずだから。

＊

ペリー・ローダンは短い眠りののち、目を覚ました。アカランダ・ベルツィは居室にいない。隣接するどちらの部屋にもいなかった。かれの居室の小型スクリーンには、最新の飛行データや特異事項が表示される。異状はなにもなかった。

「ひとまず安心だ」かれはつぶやいた。「見張りがいないということは、わたしの状態はさほど悪くなさそうだ」

かれはバスルームでのんびりシャワーを浴びた。その後、ゆっくり服を着て、軽食をとった。メニューは食糧自動供給装置が提供する〝本日のおすすめ〟だ。だが、かれは自分が食べているものには無関心だった。その思考はとうに、現下の出来ごとに移っていたから。

抵抗組織ヴィッダーの〝ロムルス〟こと、ホーマー・ガーシュイン・アダムスとの面会はもう間近だ。アンブッシュ・サトーは銀色のプロジェクションキューブを調査中。セッジ・ミドメイズはペドラス・フォッホの記憶をさらに掘り起こそうと、ブロックされているデータの解読を進めている。

だが、テラナーはべつのことにも考えをめぐらせた。イホ・トロトはペルセウス・ブラックホールでの敗北のあと、どうなったのだろう？　うまく逃げられたのだろうか？《シマロン》が修理するための惑星を見つけられたのは、シントロニクス結合体の記憶バンクに、本体すら出所を知らない目的地のデータが存在した、という不可思議な事情のおかげでもあった。

この事情は説明がついていない。いま一度、ローダンはそのことを思い返した。そして、この数日から数週間に起きた一連の奇妙な出来ごとは、この事情とどこか合致するように思われた。

自分が不信をつのらせすぎているのだろうか？　それとも、どこかで宿敵が一枚かんでいるのだろうか？　あるいは、カンタロが？

疑問はひろがるばかりだった。氷結惑星イッサム＝ユで最後に接触したザタラ姉妹はどうなっただろう？　コマンザタラとフアカッガチュアは当時、すでにカンタロのことをよく知っているようだった。だから、かれらからうまく身を守ることもでき、ローダンとグッキーを絶望的な状況から救ってくれた。二名の生の手がかりはなく、おそらく今後も見つからないだろう。姉妹にはもっとべつの目標があった。それは彼女らに関するわずかな報告から明らかになっていた。

いや、それは重要な問題ではない。みなにとって重要なのは、銀河系の運命だ。かれにとっては、それに加え、ゲシールの運命だった。

かれはなにもメッセージを残さず、居室を出た。どこへ行くともなく歩く。ただ足をほぐし、歩きながら考えにふけりたかったのだ。アカランダ・ベルツィの姿はまだ見あたらず、ほかのだれにも会わなかった。

のんびりと通廊を歩き、食堂へ向かった。そこならきっと、非番の乗員たちに会えるだろう。人との接触はしばしば、驚く効果がある。孤独感が消えるのだ……たとえ、その孤独がみずから求めたものであったとしても。会話は心をリラックスさせ、生きる勇気と行動する意欲をあたえてくれる。

そんなことをぼんやり考えながら歩いていたので、前方をよく見ていなかった。細く薄暗いわき通廊に迷いこみ、男性らしき人影にあやうくぶつかりそうになった。

「ジョア・デヌシス」ペリー・ローダンは驚いて呼びかけた。

「倉庫からものをとってきたところです」《カルミナ》の医療責任者はおや指で肩越しに後方を指すと、医療機器の入った小箱を持ちあげた。「この先は行きどまりですよ。どこに行くんですか、ペリー？」

「よく見ていなかったんだ」とローダン。「あれこれ考えすぎかもしれない。食堂に行きたかったんだが」

「ちょうど一杯やる時間がありますす」デヌシスは気持ちのいい笑顔を見せた。「いっしょにいかがですか？」

異存はない。かれといっしょに道を引き返したが、通廊はどんどん狭く、暗くなっていく。横を歩くデヌシスの靴音は聞こえるが、横を向いてもかれの姿は見えない。だが、靴音はまだ聞こえてくる。

「ジョア？」ローダンが小声で呼びかけた。

高らかな笑い声がした。靴音が急激に大きくなる。音はどんどん高くなり、笑い声の周波数に達すると、ふたつの音が合体して轟音《ごうおん》と化した。

ローダンは手を耳に押しあてるが、音はほとんど弱まらない。

とうとう、あたりは真っ暗になった。

〝それでいい！〟ある声がいった。それは聞き覚えのない声だったが、知っているようにも思えた。〝いっしょに行け、ひとつになれ。明るくても暗くても。そこにどんな新しく強いものが生まれるか、わかるだろう〟

その瞬間、ペリー・ローダンははっきり認識した。自分はまた、サイコテロの攻撃に直面している、と。かれはあらんかぎりの意志を奮い立たせ、なんとか心をおちつかせた。からだの筋肉を硬直させ、唇をかたく結ぶ。弱さを見せる言葉を、ひとことたりとも吐くことのないように。

かれは手を左右に動かし、数秒前にはまだ見えた、狭《せば》まる壁を触ろうとした。その手は空《くう》を切った。そのとき、高らかな笑い声とスタッカートのような高速の靴音が混ざった、未知の轟音もやんだ。

そこにはもう空間的な狭苦しさはない。それなのに、圧迫感が冷たい波のようにかれに押しよせ、重苦しさは高まりつづける。それは四方から襲ってきたが、とくにかれの胸郭へと這いあがった。

かれの頭だけが無事だった。思考は自由なままだ。かれはまだ、聞いたり見たりできていることがわかり、それを実感していた。たとえ、なにも聞いたり見たりするものがなくても。

締めつけられるような圧迫感は、からだにも神経にも感じられた。その感覚はひどい不安とパニックのような症状を呼び起こした。

閉所恐怖のようだ……かれの頭にそう閃《ひらめ》いた。この考えは、かれ自身の意識から生まれたものだ。

かれは逃げだしたかったが、その手足はもう、脳の命令にしたがうことができない状態だった。

だが、叫ぼうとはしなかった。反応しないことで、サイコテロから身を守ろうとした。まだ頭を動かすことはできたが、ほかのすべての部位は四方から締めつけられ、逃れようがなかった。しつこい暗闇が、かれの感覚をさらにさいなむ。人気《ひとけ》のない墓地のような静寂が、あざけりに満ちたこの情景を襲った。そしていま、ひどい寒さが幻覚に追いうちをかける。

「さっさと助けてくれと叫べ！」まるで現実のような声がかれをうながす。その声をかれは知っていた。いや、知っていると思った。補給船《オクラホマ》のジャマス・テルツの声だった。

ローダンは同時に、《オクラホマ》という補給船も、ジャマス・テルツという乗員も、自分は知らないことに気づいた。そして、自分の思考や感覚をまやかしや悪夢と区別することが、どんどん困難になっていることも感じとった……それらがどこからこようとも。かれ自身からでも、べつのどこかからでも……

「アカランダ！」かれは叫んだが、なにも起こらない。

「アトラン！」やはり反応はない。変化もない。せいぜい、ひそかな笑い声が聞こえるだけだ。

笑い声？　その声をかれはほんとうに知っていた！

「ゲシール！」

突然、締めつけられるような胸苦しさと、動けない感覚が消えた。明るさももどった。寒さは心地よい暖かさに変わった。

彼女がかれのもとに駆けより、腕をかれに巻きつけると、かれは自分の感情が最高潮に達するのを感じた。

「ゲシール！」もう一度、かれは叫んだ。そのあとはもう、ひとことも話せなくなった。彼女とともに、ぬくもりと現実がもどった。

「わたしは、ほかのだれのものにもなったことはない」ふたりの唇が短く離れることができたとき、彼女はやさしくかれの耳にささやいた。「一度もない！　あなたの愛がわたしを解放してくれた。これで、わたしたちは永遠にいっしょ。それは何者にも変えられない」

どこからか、厚い筋肉を持つおそろしく強い腕が一本、伸びでてきた。ペリー・ローダンは最後の瞬間にはじめてその腕に気がついた。かれはゲシールの前に立って守ろうとしたが、腕を伸ばしてきたその人影のほうがはるかに機敏に反応した。人影はローダンをわきに押しのけ、通廊の側壁にたたきつけた。

ローダンは半分、意識を失っていたが、まだ見ることはできた。もがくゲシールをがっしりとしたこぶしがつかみ、かれの暗闇に引きずりこむようすを……

「わたしが欲しいものを、わたしが変えてやる！」テラナーにはそう聞こえた。

こぶしがもう一度、あらわれた。

ローダンがそれをじっと見つめていると、ふたたび麻痺に襲われた。がっしりしたそのこぶしのなかで、ちいさな存在が手足をばたつかせるのに気づいた。それは生後数週間の人間の赤ん坊だった。

「こっちを向け！」暗闇のなかに人影の声がとどろいた。

ローダンが顔をさらに上げる。そのとき、もうひとつのこぶしがかれに命中した。かれは意識を失うと同時に、悪夢から解放されたのだった。

5

反重力シャフトを出るなり、アトランの視線はペリー・ローダンの居室の前に向かった。そこに、からだを丸め、身動きしない人影が横たわっていたから。急いで駆けよると、それはかれの友だった。

居室のハッチは開いていた。部屋の明かりが意識のない男を照らしている。見わたすかぎり、ほかにはだれもいない。ローダンを見守っているはずのアカランダ・ベルツィの行方もわからなかった。

ペリーは気絶しているが、負傷はしていないとアトランは確信した。インターカムでセッジ・ミドメイズとアンブッシュ・サトーを呼ぶ。同時にかれは非常警報を作動させた。《カルミナ》の医療センターに警報が届き、発信者の位置データも自動的に伝わった。

ミドメイズとサトーが、現場にくると知らせてきた。アルコン人は身動きしない友を室内に運びこみ、ベッドに寝かせる。ローダンの呼吸は安定していた。なにが意識を失う引き金になったのかはわからない。

室内にアカランダ・ベルツィの手がかりも見つからない。アトランはキャビンのシントロニクスを作動させた。だが、ローダンが数時間前にスイッチを切っていたため、なにもわからない。主シントロニクスを呼びだし、アカランダの居場所をたずねた。

そこにセッジ・ミドメイズがあらわれた。アトランは身動きしないテラナーを指さし、説明する。

「外のハッチの前に倒れていたんだ。アカランダはまだ見つからない。主シントロニクスは、彼女はここにいるはずだというが」

「あたりを探してみてください」医師が求める。「わたしはペリーの手当てをします」

アトランは隣室で心理学者を見つけた。からだを丸め、椅子に横たわっている。急いで確認したところ、彼女も気絶しているだけで、外見上、怪我はないことがわかった。

アトランが居室にもどると、そこにはアンブッシュ・サトーと、《カルミナ》の医療チームから補助要員が到着していた。かれらはすぐにアカランダ・ベルツィの手当てをする。

「一種の麻痺です」首席医師がローダンの症状を診断した。「すぐにわかりました。数分で意識は回復するでしょう。意識がもどれば、ここでなにが起きたか聞けるかもしれません」

アカランダ・ベルツィが隣室からやってきた。補助要員のひとりに支えられているが、彼女の意識ははっきりしていた。アトランのもの問いたげな視線に気づくと、困惑したように肩をすくめる。

「なにが起きたか、わたしにはわかりません」彼女は説明する。「ペリーはよく寝ていて、わたしは隣りで椅子にすわっていました。眠くもなかった。眠気があったとしても、かすかな物音でも目ざめたはず。まったく理解できません。いったいなにが起きたんです?」

その答えはだれも知らなかった。

超現実学者のアンブッシュ・サトーは黙って入口に立ち、その場面をじっと見つめ、熟考する。だが、アトランには、かれが即座になにか発見できるとは思えなかった。

かれらはペリー・ローダンが意識を回復するまで待った。かれは話しだすまでに、さらに時間を要した。その場にいる者の顔を順に見まわすと、アトランにたずねた。

「バスルームと食糧自動供給装置が最後に使用されたのはいつか、確認してください」

アルコン人はとまどった。

「どうか頼みます」とローダン。「わたしが結論を出すために、とても重要なことだから。どうして知りたいかはすぐに説明します。わたしが体験したことを聞けば、それだけで気づくかもしれません。でも、いまはすこし考えさせてほしい。頭のなかを整理したいんです」

アトランがもどってきた。

「どちらの施設も、シシュフォスをスタートしてから、まだ一度も使用されていない」かれは伝えた。

「そうだと思いました」ペリー・ローダンはいらだち、かぶりを振った。「わたしがまるで現実のように体験したことを聞いてください。もっとも、すくなくとも主要な場面では、現実ではないと気づいていた。でも、聞いてほしい。

わたしは短い眠りののち、目を覚ました。アカランダ・ベルツィは居室にいない。隣接するどちらの部屋にもいなかった……」

＊

ペリー・ローダンが体験談を話し終わると、困惑した沈黙がひろがった。その場のだれも、かれの言葉の信憑性を疑いはしなかったが、それについて適切な説明ができる者もいなかった。アカランダ・ベルツィですら、黙って考えこんでいる。だが、それは彼女自身が説明のつかない経緯で、意識を失っていたからにほかならない。

アトランはみなの困惑した顔を見て、その場を主導しようとした。そのとき、アンブッシュ・サトーが咳ばらいをして、みなの注意を引いた。

「わたしはもどらないといけません」超現実学者はいった。「アトランのプロジェクションキューブに関する調査がまだ終わっていないんです。でも、まもなくはっきりした結果が出る。その結果はとても重要です。ペリー・ローダンにとってだけではありません。わかっていただけますね？」

「もちろんだ」アトランは即答した。「行っていいぞ、サトー」

明らかに日本人の血を引く小柄なテラナーは、なにかひっかかっているようすに見えた。

「行く前にひとつ申し上げたいことがあるのですが」かれはよく響く声でいった。「ペリーのいまの話についてです。わたしはかれの言葉を精確に聞きとり、対応するイメージを超現実のなかにつくりだし、それを解釈しました」

「それは興味深い。きみはどう思う？」と、アトラン。

「この件について、わたしが〝思う〟ことはなにもありません。わたしがお話しするのは〝気づいた〟ことだけ。つまり、わたしが現実と見かけを区別できたことだけです。それを申し上げたいのですが」

「そうか、わかった」アルコン人は待ちきれないようすだ。「では、なんに気づいた？」

「ペリー・ローダンは」と超現実学者。「話したことをほんとうに体験しています。そのことはしかし、それがほんとうに起きたことを意味しません」

この一見、または実際に矛盾する発言にだれかが質問をする前に、アンブッシュ・サトーは踵《きびす》を返すとローダンの居室の外へ向かい、通廊に消えていった。

数秒間、沈黙がつづいた。ペリー・ローダンはベッドにすわっている。かれの目はさえており、いつもどおりだった。その表情から、さまざまな考えが渦を巻いていることがわかる。だが、かれはなにもいわなかった。

「ポイントを順番に確認していこう」アトランがふたたび場を主導する。「ペリーは体験談のなかでバスルームに行ったのち、食糧自動供給装置からなにかを食べたと主張する。そのどちらも事実ではないことが確認された。わたしがみずから調べた結果だ。だが、もうひとつ、簡単に確認できる方法がある。かれはセッジの助手でこの《カルミナ》の医療責任者、ジョア・デヌシスに会ったという。この点を明確にしよう。デヌシスはどこにいる?」

「かれはラボ区画にいます」セッジ・ミドメイズが即答する。「わたしが知るかぎり、かれはスタートしてからこの区画を離れていません。ですが直接、聞いてみましょう。かれを呼びます」

ペリー・ローダンは黙ったまま、注意深くなりゆきを見守っている。

「デヌシスが到着するまで」とアトラン。「ほかのことを整理していこう。《カルミナ》の主シントロニクスは主要な乗員の位置情報をいつでも提供できるように、船内の動きを監視している。監視エリアには、ここから食堂までのルートも含まれるが、居室内は対象外だ」

アルコン人は入口ハッチの横にあるちいさなフラップを開き、自分の個人コードを入力した。

「アトラン、確認されました」《カルミナ》の主シントロニクスが伝える。

「ご質問は？」

アルコン人はまず、友の居室が監視されておらず、居室内で起きた出来ごとについて情報がないことを、あらためて確認した。次に、ここ二時間のあいだに、この居住区画と食堂とのあいだを移動した人物がいないかたずねる。

「だれもいません！」シントロニクスははっきりと返答した。

「ということは、ペリー」アトランは確認する。「あの出来ごとは、きみの頭のなかだけで起きたことだ。それがなにを意味するか、わかるな」

「もちろんです」ローダンはおちつきを保った。「つまり、あれは現実ではないということ。わたしはサイコテロの標的なんです。サトーもいいました。わたしはほんとうのことをいっている、と」

「きみの言葉を疑っているわけではない！」アトランは断言する。「問題はそこではない。重要なのは、ここでなにが起きているかを、われわれがきちんと理解することだ」

ジョア・デヌシスが到着した。かれはアトランとセッジ・ミドメイズの話を冷静に聞いた。自分のアリバイを知りたいだけだとわかると、胸をなでおろす。

「ペリーが夢で体験したことについてはコメントを控えます」かれはいった。「わたしの専門外ですので。わたしのことですが、シシュフォスを出てから、ペリーには一度も会っていません。もし疑うのであれば、ミドメイズ医師か、主シントロニクス、ラボ区画のシントロニクスに訊いてみてください。わたしには完璧なアリバイがありますから」

「きみの誠実さに疑いはないんだ、デヌシス」アトランははっきりといった。「ただ、ペリーが夢で体験したことを解明したい。それだけだ。この体験はかれにとっては事実らしいから」

「そのとおり、事実だ」ペリー・ローダンはコーヒーカップを手にする。「みな、変だと思わないのか？　アンブッシュ・サトーは、わたしの体験談は事実と一致すると認めている。かれの見方が正しくなければ、だれが正しく判断できる？　われわれは検討の出発点を修正する必要がある。わたしは実際に体験しているのだ。それなのに、あらゆる外的状況が、なにも起きていないと指摘する。そこを出発点としなければ。その説明を見つけることが大事なのだ」

「ショックを受けたあと、あなたの下意識でなにが起きているか、おわかりですか？」セッジ・ミドメイズがやさしくたずねた。

「いや、わからない」ペリー・ローダンは笑った。「きみのいいたいことはわかる。だが、きみに質問を返そう。〝最近、わたしに外部からなにが影響をあたえているか、おわかりか〟」

「なにも影響をあたえていません」医師は主張する。「いや、より正確にいえば、なにも、ほんとうになにも検出できないのです」

「それでは堂々めぐりだ」アトランがローダンの意見を先読みするかのようにいった。

「そうでもありません」ローダンがベッドから立ちあがった。「みなさんは優秀で有能ですが、いくつかの点を見誤っている。あるいはまったく見ていない。あなたたちはペルセウス・ブラックホールでの敗北のショックが、思った以上に抜けきっていないようだ。わたしはセッジの検査結果に大きなショックを受けた。それを隠すつもりはない。それでもわたしは戦いをつづける。たとえ、それがわたしの人生でもっとも苦々しい日々となっても。それなのに、あなたたちは事実に対し、弱気な判断をするばかりだ」

「おっしゃる意味がわかりません」セッジ・ミドメイズが率直にいう。

「きみはトマス・カーディフについて、なにか聞いたことがあるか？」ローダンが訊いた。

医師は首をふる。

「それはわたしの息子だ。母親はアトランの種族、アルコン人だった。かれはわたしと戦い、テラと戦った末に、無残にも亡《な》くなった。そして、〝それ〟から供給された、わたし用に調整された細胞活性装置は、かれからわたしの胸にもどったのだ。わたしは息子をひとり失った。その数年前にはかれの母親を。それがわたしの個人的な苦しみのはじまりだった。その後、わたしの人生になにが起きたかは、船内の年代記に記録されているだろう。そのすべてを総括すれば、きみたちにもわかるはずだ。ゲシールの運命がわたしを一瞬、動転させることはあるとしても、わたしはけっして精神を病んだりしない、と」

「きみのいらだちはよくわかる」アトランはかれをおちつかせようとした。

「いらだち？　そんな話はしていません」ペリー・ローダンはいっそう激しい口調になった。「わたしはきみたちが鈍いといっているのだ！　なにかがわたしに影響をあたえているといっているだろう！　きみたちは、外部からのサイコテロを信じてくれるかのようにふるまうが、じつは信じていない。なにも対策をしようとしないからだ。グッキーがここにいないのが残念だ。かれならきっと、べつの反応をする」

「あなたの批判は不当です」セッジ・ミドメイズが反論する。

「そんなことはない」ローダンは多少、おちつきをとりもどしたようだ。「きみたちがなにも思いつかないなら、わたしひとりでなんとかするしかない。わたしは今後、セランの一部を装着する。つまり、防御バリア・コンビネーションを着用し、遮蔽《しゃへい》フィールドでつねに守られるようにするのだ。わたしからなにも出ず、わたしのなかにもなにも侵入できないように。これこそ、わたしがいまの状況から抜けだすための正当な処置だ。そうすれば、たとえ意識を失っても、わたしは守られる。こんな簡単なことも思いつかないのか？　もしかしたら、きみたちもなにか影響を受けているんじゃないのか？」

かれに直接、返事をする者はいなかったが、みなの表情はおおむね同意をしめしていた。

「この問題に対応するロボットをプログラミングしたんです」セッジ・ミドメイズはいった。「あなたと、あなたの安全のために。ロボットの名はオッザ＝1。それをアカランダの補助として投入したいのですが」

「異存はない」ペリー・ローダンは即答した。「オッザ＝1がすこしは役にたつことを願っている。わが敵は狡猾だから。敵が遮蔽フィールドも通過して探知できるかどうかは、敵のみぞ知るだ。いずれにせよ敵は、光学的手段をもちいて監視してくる」

インターカムのスクリーンが光り、銅鑼《どら》の音が鳴ると、アンブッシュ・サトーの顔があらわれた。

「議論が終わりましたら」超現実学者はいう。「ペリーと話がしたいのですが。アトランもきていただけると助かります。ゲシールのキューブの件ですので」

「ほかの者が同席してもいいか？」ローダンはやや無愛想にたずねた。それでもその言葉から、かれがなんらかの新情報をサトーから得られると期待していることが聞きとれた。

「もちろんです」超現実学者は快諾した。

「それでは、アカランダ・ベルツィと……あのブリキ男はなんといったかな？　ああ、そうだ、オッザ＝1も連れていく。たったひとりの守護聖人では、わたしには不充分だから。アトランはもちろん同席する」

「オッザ＝1？」超現実学者が訊きかえす。「セッジの監視ロボットですか？　もちろん、かまいません」

＊

オッザ＝1は、皿ぐらいの大きさの浮遊プラットフォームだった。七つのちいさなパラボラアンテナを備え、それらはつねにペリー・ローダンへと向いている。そのうちの四つはかれの頭部、ふたつは細胞活性装置のある胸部、ひとつはつねに回転し、あらゆる方向を監視する。

ローダンとアトラン、アカランダ・ベルツィがアンブッシュ・サトーの私室へ向かうと、このロボットもついてきた。かれの私室は、通常の居住区画からかなり離れている。それでも、全長八十メートルほどの船内では、どんな場所でもすぐにたどりつけた。「これから、わたしはオッザ＝1です」小型ロボットは高い声で自己紹介をした。「わたしは定位置をとります」

ロボットはそのあと、ペリー・ローダンの半メートル後方を、かれの首の高さで浮遊した。アトランが超現実学者に割りあてた私室兼実験室に一行が到着するころには、ローダンはもうロボットの存在を意識することはなくなった。かれにとってこのロボットは、追加的な安全装置のひとつ。船内に多数存在するほかの安全装置と同じ位置づけとなった。

ペリー・ローダンはいま、セランの一部、防御バリア・コンビネーションを身に着けている。それがかれをハイパーエネルギー・シールドによって、内外方向に遮蔽する。さらに音響通信を確保する装置も、追加で搭載されていた。

アンブッシュ・サトーは訪問者たちを、薄暗いちいさな私室に案内した。かれはとても古そうな着物を着ており、その裾《すそ》はほつれてフリンジ状になっていた。

「わたしのこの船の実験室です」かれは申しわけなさそうにほほえみながら説明した。《カルミナ》はかなり小型なため、ペリー・ローダンや超現実学者などのゲストに、充分な空間は提供できなかったのだ。

その私室の片側にはサトーの技術機器が並んでいる。それは一行にはすでに、惑星フェニックスでのカンタロ、ダアルショルの調査でなじみのものだった。私室の反対側にはちいさなテーブルの上に、合計で四つのスクリーンを備える、読みとりや解読が可能なマルチ機能の装置が二台、置かれている。

「こちらをごらんいただきたい」アンブッシュ・サトーは丁重に求めた。「粗末な椅子ですが、どうぞおかけください」

男性二名と女性一名が席についた。オッザ＝1はこのときも、ペリー・ローダンのからだに対する定位置から離れない。

「まず、わたしが過去のなかで発見したことから説明します」超現実学者はいった。「銀色の記憶キューブは過去に由来します。キューブは本物の過去のものですが、だからといって、そのなかに記憶されているすべてが、〝ほんとう〟の過去とはかぎりません」

「ジェフリー・アベル・ワリンジャーは当時」と、アトラン。「あらゆる技術手段を駆使して、記憶キューブを細部まで調べあげた。三つのコピイを作成し、そのひとつは分子下レベルまで分解している。そのうえでかれはこの記録を本物と断定し、われわれはこれまで、その結果を信じてきた。きみはちがう主張をする気か？」

「わたしはなにも主張はいたしません」アンブッシュ・サトーは、挑発的な言葉にもいらだつようすはない。「お伝えしているのです。わたしの精神的な師であるかれの成果や、この件でかれがその技術手段と知識を駆使してなしとげたことを、よく知っています。かれは入念に調べた結果、このプロジェクションキューブがまぎれもない本物だと結論づけました。ちがう結論を導くことはできなかった。それは、キューブの作成者がかれよりすぐれていたためです」

ペリー・ローダンが重いため息をつくのが聞こえた。なにかに感づいたようだが、沈黙を守っている。

「ワリンジャーは」と、アンブッシュ・サトーがつづける。「並行現実による対照実験ができなかったのです。そのような実験から、過去の具体的なものごとにおいて唯一の真実が明らかになる。そこにある兆候を正しく認識し、解釈するだけでよいのです」

「それはいいすぎでは」アカランダ・ベルツィがいった。

「心理学にかたよった教育を受けたあなたの脳には、理解できないかもしれません」とサトー。彼女を侮辱するような口調ではない。「これからキューブのオリジナルの記録をお見せします」

上部にあるふたつのスクリーンに、ペリー・ローダンとアトランが細部まで覚えこんだ出来ごとが流れる。その内容はまさに周知の、銀色のキューブの映像と言葉のままだった。

「ごらんのとおりです」ゲシールの記録と影の存在の記録のあいだの短い間に達すると、小柄な科学者は口をはさんだ。「わたしはこの記録を超現実学的視点から検証し、そのさいにすべての内容を真実レベルごとに分けました。その結果を専用機器をもちいて記録しています」

ほどなく、オリジナルの記録は終わった。

「次にこれから、わたしが超現実学的視点からレベル分けした結果をお見せします」科学者はいった。「でもその前に、みなさんに結果を言葉で説明したいと思うのですが」

「聞かせてもらおう」ペリー・ローダンがいった。

「あなたには、あらたな衝撃の内容に聞こえるかもしれませんが、ペリー」と、アンブッシュ・サトー。「ゲシールの記録は偽物です！　影の存在の記録は本物ですが」

その言葉を聞き、ペリー・ローダンの意識にまた大きな衝撃がはしった。

6

しばらく沈黙がつづいた。

すると、アンブッシュ・サトーがまた話しはじめた。

「キューブの第一の部分ですが、そのおもな内容は虚構の現実に由来しています。それは超現実、あるいは……べつのいい方をすれば……事後にはじめて作成された現実です。わたしがそれを認識できたのは、ひとえにそれが超現実であり、ほんとうのことではないから。それを認識するのはワリンジャーにはむりですから、かれを許してあげてほしい」

「それはかなりの衝撃だ」ペリー・ローダンは力なくいった。

「わたしが超現実学の視点から見た、映像の記録をごらんください」サトーは四つのスクリーンを指ししめす。「右上のスクリーンにうつっているのは、先ほどごらんにいれたオリジナルの記録です。これをスクリーンAとします。その左、スクリーンBにうつっているのは現実。つまり、ほんとうに起きたこと、Aの映像のなかで実際に起きた現実で、AとBは時間的に同期させています。右下のスクリーンCに見えるのは、超現実から記録のなかに追加的に盛りこまれたものです。左下のスクリーンDは、BとCを合成させたもの。つまり、ここにはAの映像がほぼ再現されるはずです……時間のずれはあるかもしれませんが」

かれは装置のスイッチを何度か操作すると、また話をつづけた。

「ついでに申し上げると、ここで披露するのはわれわれには未知の技術によるもので、それを未知者は使用している。わたしは分解はできても、その技術を再現することはできません。超現実学の力を借りて解析はできますが、それ以上はむりです。それでもその結果は、わたしの知見が明らかに正しいことをしめしています」

記録が流れはじめた。アンブッシュ・サトーは音響信号を意図的におさえている。その重要性がいまは低いためだ。

スクリーンBにまず、ゲシールの部屋の一部があらわれた。デスクとだれもすわっていない椅子。大きな窓からは、一日の最後の光が差しこんでいた。生き物の姿は見えない。

オリジナルの記録では彼女がすわっている場所に、スクリーンCでは細かいカラフルな線が多数、うつしだされ、そのなかからおぼろげな人影があらわれた。それは当初ブロックされていた、記録の第二の部分であらわれる影に、異様なほど似ている。多数の細かな線は、不可解なメカニズムで変形をはじめ、ゆがんだゲシールの姿と化した。その最初の姿は嫌悪感と違和感を抱かせるものだったが、この姿を生みだした未知のメカニズムは作用をつづけ、しだいに〝ほんとう〟のゲシールにそっくりの姿に変わった。ここではじめて、この映像が、スクリーンBの固定的な背景と合成されて、スクリーンDに映像があらわれた。それはオリジナルの記録である、スクリーンAの映像と同一のものだった。

この手順が、ゲシールが登場する第二の場面でも同じ形でくりかえされた。異なる点は、背景がゲシールの部屋から居間になっただけだ。この場面でもペリー・ローダンの妻の姿は……スクリーンAをのぞき……見えなかったのだ。

オリジナル版でゲシールが登場する場面が終わると、アンブッシュ・サトーは記録の上映を停止した。

「音響の記録についても似たような状況です」かれは補足した。「ただ、証明するのがむずかしい。というのも、会話の記録は全面的に超現実から引いてきているから。これはつまり、ゲシールが過去のどの時点でも、記録で聞こえる言葉をひとつも発していないことを意味します。さらにべつのいい方をすれば、プロジェクションで〝ほんとう〟のことといえば、場面ごとに見える住居の背景だけなのです」

「悪い知らせだ」ペリー・ローダンは唖然として頭に手をやったが、自制心は終始、保たれている。「結論はいうまでもない」

「手ひどくだまされたものだ」とアトラン。かれもすくなからず当惑していた。

「ゲシールをめぐるわたしの懸念は、正しかったどころではない」テラナーはつづける。

「サトーが突きとめたことは、ゲシールがおびきだされたか、強引に拉致《らち》されたことを意味する。さらに、それを指示した者は、おそらくコスモクラートの使者ではない。たとえ、その男がみずから、記録の第二の部分で使者と名乗っているとしても。第一の部分からして虚偽であるなら、第二の部分はなおさら嘘だ」

アルコン人は同意してうなずく。

「次に浮かびあがる疑問は……」と、ペリー・ローダンがつづける。「その存在は何者か、あるいは、何者だったのか、ということだ」

「まだほかにも疑問があるだろう、ペリー。口にするのもつらいだろうが」アトランは片手をローダンの肩に置こうとしたが、セランの遮蔽フィールドにはばまれた。「当時、だれがゲシールの拉致に関心を持つ可能性があったか？　われわれにとって当時は未知だった、ヘクサメロンの支配者か？　それとも、まったくべつのだれかなのか？　当時、そしていまも、われわれが存在を知らないだれかなのか？」

「ヘクサメロンからは、ゲシールの行方に関する情報はなにも出ていません」とローダン。「それより、あなたがまだあげていない決定的な疑問がある。つらいことですが、問わずにはいられません。未知の拉致者は、ゲシールとのあいだに私生児をつくった何者かと同一で、そいつがわたしに、細胞組織のサンプルという、悪意に満ちた挨拶のメッセージを送りつけたのか？」

この苦痛に満ちたローダンの問いに、答えられる者はだれもいなかった。

＊

この件に関する主要な話は終わったようだ。

かれらはアンブッシュ・サトーのちいさな私室にすわっている。そこには居間と作業室、サニタリーしかなく、当然ながら心地よい雰囲気とはいえなかった。科学者の装置類が置いてある隣室へのハッチは、まだ開いたままだ。そこから目に見えないなにかが流れこみ、それが在室者の気分に影響をおよぼしているように感じられた。

「ゲシールのキューブに関するわたしの調査は、これで終了と考えてよろしいでしょうか」超現実学者のこの発言は、確認というよりむしろ質問だった。かれは一同を見まわす。

「休憩させてください」アカランダ・ベルツィが立ちあがった。「わたしはこの二十四時間、意識を失っていた短い時間をのぞいて、一睡もしてないのです。オッザ＝１だけでもペリーを監視できますし、異常な挙動があれば、警報を鳴らしてくれますから」

「異常な挙動だと？」ローダンはまさに異常なほど激した。

「きみたちの擬似科学的な物言いはときどき、どうも癇《かん》に障る。だが、気にしなくていい、アカ。寝てこい！」心理学者がサトーの私室を出て、三名の男だけになった。皿ほどの大きさのロボットもいたが、かれらは気にもとめない。

「きみの説明に納得した」ペリー・ローダンは深く考えこみながら、サトーのほうを向いた。「わたしはいま、事実関係について頭を悩まさずにはいられない。答えはわたしひとりでは見つけられそうにないし、解決にはまだほど遠い。そこで、きみに頼みがある」

「おっしゃってください、ペリー」超現実学者はいった。「できるだけのことはします」

「きみは先ほど、プロジェクションキューブのなかで、〝影の存在〟がみずからあらわれ、話している部分は〝ほんとう〟の記録だといったな。わたしのこの理解は正しいか？」

小柄な科学者はうなずいた。

「きみは、われわれとは異なるやり方でものを見る能力がある」ペリー・ローダンはつづけた。「その内容を、きみは技術システムに転送することができる。あるいは、きみが開発したそのシステムは、きみが超現実を駆使して作業をする助けになる。そうだな？」

「そう表現することもできますね」サトーが認める。

「それなら、きみに訊きたい。あの影の存在が出てくる部分を、きみは自分の能力を駆使して徹底的に見て分析し、評価しているか？　わたしはきみがこの部分については、やや簡単に判断をくだしている印象を受けた。きみは超現実を通じて、影の存在の身元……あるいは、すくなくとも真の姿……を暴《あば》くことができるのではないか？」

「きみはその裏にだれが隠れているのか、知りたい一心のようだな」アトランがいった。アンブッシュ・サトーがなかなか答えないからだ。かれは黙りこんでいる。その沈黙を、ふたりの旧友は沈思黙考しているとみなし、答えを待った。

「わたしにはわかりません」超現実学者はようやく、ためらいながらいった。「わたしがこの件でまだなにか発見できるとは思えない……なぜかそう思われるのです。でも一方で、あらゆることがわたしの興味をそそる。この存在について究明することも、そのひとつです。おっしゃった試みをはじめてみますが、同時にいっておきます、ペリー・ローダン。あまり期待はしないでください。そして、この試みには静寂が必要となることを、どうかご理解いただきたい。つまり、出ていってほしいのです。なんらかの結果が得られたら、すぐに連絡しますから」

「どれくらいの時間が必要だ？」テラナーはたずねる。

「せいぜい一時間くらいですね」アンブッシュ・サトーは穏やかに答えた。かれは立ちあがり、ローダンとアトランを出口まで見送った。オッザ＝1はなんの印象も残すことなく、無言でふたりのあとを浮遊していった。

「これからどうするつもりだ？」サトーの私室のハッチを閉めると、アルコン人は訊いた。

「友よ、すこしひとりになりたいんです。ご理解ください。オッザがわたしを見守ってくれますし、わたしも自分で気をつけます。最近、自分が経験したことを、ひとり静かにじっくり考えたい。ただそれだけなんです。この経験は、これまで人生で味わったことのない深い絶望に、わたしを突き落としたから。でも心配いりませんよ、アトラン！わたしは頭も心もまったく正常です。たとえ、心痛や苦悩に責めさいなまれても……いまは外からの影響に対して、自分をしっかり守れますから」

「きみをひとりにしたくない」アトランはいった。「きみの要望はよく理解できるが。わたしの懸念はひとえに、サイコテロがまたきみを襲う可能性があるのに、きみのそばにだれもいないという状況にある」

「オッザ＝1が警報を鳴らしますよ。《カルミナ》はさほど大きくないので、一分もかからずにだれかが駆けつけてくれます」

「どこにいくつもりだ？」

「まだわかりません。あなたは司令室に行って、シントロニクスにわたしを追跡しないよう、いってください。どのみち、必要があれば自分で接続を切ります。でも、オッザ＝1はわたしのそばにいていい。わたしに監視が必要であることは、自分でわかっていますから。ただ、人間というものは、自分の考えを整理するために、ひとりになれることが必要なんです」

「一時間か？」

「一時間……」と、ペリー・ローダン。「長くても二時間です」

ふたりは手で挨拶を交わし、アルコン人は立ち去った。

＊

ペリー・ローダンはゆっくりとまわれ右をして、中央の反重力シャフトまでやってきた。そこまでで、だれにも出会うことはなかった。

かれは上方へ向かうパイプに入った。かれのからだがゆっくりと《カルミナ》の上部区画へと移動していく。オッザ＝1がいまも影のようにかれを追いかける。

「きみと話ができるか？」ローダンが皿状ロボットにたずねた。

「もちろんです」返事があった。

「きみはつねにセッジ・ミドメイズと連絡をとっているのか？　それとも……」

「いいえ」オッザ＝1がかれの言葉をさえぎった。「あなたが万一、ふつうでない行動をとったら、警報を鳴らすだけです。これまでのところ、そんな事態は起きていません。わたしはあなたのからだの放射も監視しますが、いまは不可能です。あなたはほぼ完璧に、セランのシステムによって遮蔽されていますから。でもそれは問題視していません。というのも、わたしがここにいるのは、あなたを守るため……セランの遮蔽機能も同じ目的ですから」

ペリー・ローダンは最上階のデッキで反重力シャフトを出た。ここでもだれにも出会わない。

「きみはいくつだ、オッザ？」かれはこぢんまりした観測室への入口ハッチを開けながら訊いた。

「八時間と十四分です」ロボットは答えた。「なぜ年齢を知りたいのですか？」

ローダンは背後のハッチを閉め、装甲プラスト製ドームのカバーをわきに移動させた。直径が一メートル強の円形平面があらわれ、その向こうには漠然とした、変則的な色で揺れ動くものが見える。

「ハイパー空間だ、オッザ」と、ローダン。「観測室の特殊なフィルターを通して見ているんだ。望遠鏡はいらない。まもなく《カルミナ》の最初の飛行段階が終わる。そのあとは通常宇宙、すなわちアインシュタイン空間が見えるようになる」

その言葉どおり、ちいさなドームの向こうの光景が変わった。あちらこちらで星々がきらめきをはなつ。その光は穏やかだ。それは、光が永遠を貫いて進むのを、大気がじゃましないから。星の光は、未知の星位を調べる男の心も穏やかにした。

「この視角から銀河系を意識して観測するのははじめてだ」ペリー・ローダンは、オッザ＝1に話しかけるというよりは、むしろ自分自身に語りかける。「どの星がどの名前かなんて、いまはどうでもいい。わたしにはこれらの星が見え、遠い銀河の光の点が見える。この外のどこかにアンドロメダ、ハンガイ、三角座、ソンブレロ、シオム・ソム、ナウパウム、そのほかのあらゆる名前の星の島々がある。ほんとうに重要なのはふたつの光点だけで、それらも見えるのかもしれないが、いまは特定できない」

かれは自分がはっきりと夢に見た、そのふたつの星のどちらも見ることができないと知っていた。だが、それは重要ではない。

頭をやや上に持ちあげ、幾多のごくちいさな光点が輝く、宇宙の無限のひろがりにみずからをゆだねると、いいようのない気分に包まれた。かれは存在する場所にとどまりながらも、かれの意識のなかに思い描かれた、光り輝く無限のひろがりの一部となった。それは古い傷跡をおおい隠し、あらたな傷跡を開く。かれはこの光景を何度も見て、体験してきたが、今回はすべてがどこかちがっていた。

かれのなかで、それはちがって見えたのだ。

「どこかでわたしの星、ソルが輝いている。この星のまわりをわたしの故郷、地球がまわっているが、わたしはそこに到達できない。わたしはテラへの郷愁を抱いているが、それは自分自身から生まれている夢だとわかっている。長年、わたしはエスタルトゥ銀河で暮らしたのち、人生の七百年近くを奪われてしまった。その年月を実際に生きることも、体験することもなかった。わかるかい、オッザ＝1、わたしはこれまで数々の苦難に耐えてきたが、それでも勇気を失ったことはない」

「あなたの反応は正常です」ロボットが応じた。「わたしが確認するかぎり、警報を鳴らす理由はありません」

「それから」ペリー・ローダンは独白をつづける。「その外のどこかに、わたしのゲシールに暖かい光を投げかける星がある。それがどの星かわかるなら、わたしはなんでもするだろう……」

沈黙が何分もつづき、そのあいだ、かれは宇宙の光の壮大な光景に酔いしれていた。どのちいさな点も、かれの心に温かさをともす。どのちいさな点も、ひと筋の太陽光のように種子の成長をうながし、つぼみの早い開花を助ける。

静寂をじゃまするものはなにもなく、外の光点は変わることなく安定した光をはなつ。それらは無限の宇宙の無数の孤独な魂のように、助けを求めて叫んでいる。みな、ひとりぼっちで孤独。ほかの多くの魂がそうであるように。

「あなたの目に涙が見えます」オッザ＝1がだいぶ遅れて話しかける。「なにが起きましたか？」

ローダンは振り向いた。

「一時間が過ぎた」かれはクロノメーターをちらりと見た。「アンブッシュ・サトーの成果を見たい」

かれは観測室を出た。この場所で無意識に得た考えと印象を抱えたまま、アンブッシュ・サトーの私室兼作業室をめざした。それは《カルミナ》の船首部分の下三分の一に位置していた。

入口の前でアトランに会った。かれは期待に満ちた目でローダンを見た。だがローダンは黙ったまま、超現実学者の私室を指さした。ふたりはいっしょになかに入った。なにかがおかしいことに、ふたりともすぐに気づいた。作業室から聞こえてくる低い機械音が、異様に大きい。サトーの姿は見えない。ふたりは明かりの消えた隣室に駆けこんだ。

装置類の表示灯がおかしくなっていた。四台のスクリーンは真っ暗だ……ひとつをのぞけば。その一台には、プロジェクションキューブの第二の部分にあらわれた、影の存在の固定画像がうつっている。

アンブッシュ・サトーは椅子にすわっていた。手足を大の字のように伸ばしている。

目を閉じ、唇は震えていた。顔全体がむくみ、ぐあいが悪そうに見える。手首とこめかみにはセンサーが貼りつけられ、その薄い接続部は背後にある装置類につながっていた。

「急がないと!」ペリー・ローダンは叫んだ。「なにか問題が起きている」

アトランはまず、プロジェクター内の遮蔽された奥に、ゲシールの銀色のキューブがあるのに気づいた。かれがこの装置のスイッチを切り、テラナーがアンブッシュ・サトーのからだからセンサーをはがすと、センサーとプロジェクターの接続が解除された。

アトランはそのほかの技術装置の作動も停止させ、ローダンはオッザ＝1のほうを向いた。

「きみはセッジ・ミドメイズに直通で連絡できるだろう。かれに、すぐにここにくるよう伝えてくれ。サトーには医師の治療が必要だから」

「かしこまりました」皿状ロボットは請けあった。

医師がアカランダ・ベルツィを連れて入ってきたときには、アンブッシュ・サトーはすでに動きはじめており、医療行為を拒んだ。

「もう回復しましたから」かれは主張したが、説得力はなかった。

「なにか見つけたんだな」ペリー・ローダンはいった。「それがきみの精神に重い負担をかけた。なにを見つけた? それは〝影の存在〟に関係するはずだ」

超現実学者はすぐには返答しなかった。プロジェクターに歩みよって銀色のキューブをとりだすと、アトランに手わたした。

「これはもう必要ありません」かれは説明する。

アルコン人とローダンの怪訝《けげん》そうな顔を見ると、かれは端的につけ加えた。

「最後の実験は失敗でした。〝影の存在〟の姿を暴けず、正体を特定できなかった。この存在を、現実や超現実のなかで理解する試みは、すべてからぶりに終わりました。記憶キューブのなかに、われわれが知らない情報はなにもありません」

ペリー・ローダンは信じられないようすで、かぶりを振る。サトーの説明にはまったく納得がいかなかった。

「きみが意識を失ったわけは？」ローダンは訊きかえす。

「わたしは意識を失っていません」超現実学者がいい張る。「わたしは超現実のなかにいた。それだけのことですよ。この実験は終了。もう、なにもつけ加えることはありません」

かれの口調はとても冷静で穏やかだった。それ以上の反論の余地はなく、ローダンは議論を打ち切った。だが、超現実学者はなにかを隠している。アトランもセッジ・ミドメイズもきっと、そう思ったはず。

そのうち、またこの件で話し合うかもしれない。だがローダンは、いまここで、さらに議論することは断念したのだった。

7

その後の二日間は、なにごともなく経過した。

ペリー・ローダンはもう、セッジ・ミドメイズが伝えてきた細胞組織の評価結果の件で、変調をきたすことはなかった。それでも、テラナーは引きつづきセランの一部である防御バリア・コンビネーションを装着し、外部から遮蔽された状態を保っていた。

《カルミナ》はヴィッダーの基地の監視宙域の端に到達した。基地のあるアルヘナは、赤色矮星《わいせい》スマクの唯一の惑星だ。ここで短いハイパー通信のコンタクトが必要となった。アルヘナ側の通信技術の支援なしには、ヴィッダーの中央基地にたどりつくことは不可能だったから。基地の防護と遮蔽があまりに強固だったせいだ。

着陸進入には事前の予告が必要で、八本ある経路のうちのひとつを経由する。その進路の誘導は、最適にコード化された水先案内システムによって、五つの中継ステーションを介しておこなわれる。この手つづきは《カルミナ》でも認識されており、着陸したければそれにしたがうほかなかった。

進入のプロセスは通常と変わらないものの、時間がかかった。宇宙船は最後の飛行経路をへて、想定どおりに恒星スマクの彩層に到達した。ところが、アルヘナまでの残り六千五百万キロメートルを、亜光速飛行で進まなければならなかった。光速の二十パーセントでは、すくなくともまだ十九分近くかかる。

その間にヴィッダーとコンタクトをとった。それによって平穏を破られたのは、〝ロムルス〟こと、ホーマー・G・アダムスだけではなかった。やっかいな着陸進入のあいだ、《カルミナ》の中央司令室にいたペリー・ローダンとアトランも、この交信で重要な新情報を聞きつけた。

アダムスは《クイーン・リバティ》でアルヘナ基地に帰還していた。これはもともと予想していたが、さらにイホ・トロトを乗せた《ハルタ》も、ペルセウス・ブラックホールでの大敗後、なんとか逃げのび、ヴィッダーの基地へと向かっていたのだ。

一方、ペリー・ローダンが抱いていたかすかな希望は打ち砕かれた。《ブルージェイ》と《クレイジー・ホース》、そしてニッキ・フリッケルの《ソロン》についてはなんの手がかりも、些細《ささい》な情報すらもなかった。多数の乗員を乗せた大切なこれら三隻の部隊はあきらめるしかない……それがどれほどつらくとも。かれらはカンタロの殲滅《せんめつ》攻撃で犠牲になってしまったのだ。

アルヘナから、ペルセウス・ブラックホールでの大敗に関する記録が送られてきた。

その内容はこの悲しい顛末を、きびしい事実で裏づけるものだった。もはや疑う余地はない。《ブルージェイ》、《クレイジー・ホース》、《ソロン》はもう存在しないのだ。

イホ・トロトはまだ着陸進入中に、旧友のペリー・ローダンとアトランに緊急の協議を求めてきた。ふたりはもちろん同意し、アダムス側からも異論はなかった。さらにハルト人はこの協議を、ローダンたちと内輪でしたいという。その申し出も全員が受け入れた。

大気のない矮小惑星《わいしょうわくせい》の地下施設への進入路となるシャフトが、時刻どおりに開いた。《カルミナ》は直径五千キロメートル強の天体の内部へと下降していった。

すぐに気づくのは、ヴィッダーの地下の司令本部が、超近代的な技術を徹底して導入していることだ。人の姿がない。代わりにシントロニクス制御の監視・搬送システムが、《カルミナ》の派遣団を迅速に目的地へと送りとどけた。

派遣団のメンバーはペリー・ローダン、アトラン、アンブッシュ・サトーの三名……それにオッザ＝1も、その定位置を離れようとはしなかった。

ホーマー・G・アダムスも訪問者を待ち受けていたが、約束どおり、先にイホ・トロトを会わせることにした。かれは自分よりも緊急に旧友と会う必要があるようだったから。ローダンらはまずハルト人を訪ね、アルヘナの来客センターにある殺風景《さっぷうけい》な部屋で会った。

かれの報告は喜ばしい内容ではなかった。

「ペルセウス・ブラックホールでの混乱から、わたしはかろうじて逃れた。みなを助けるため、介入するのはむりだった。そうすればわたし自身がやられてしまうから。ほんとうにつらかった。あのひどさは、あなたたちにはとても想像できるまい。わが友や子供たちを見捨てないといけないなんて」

「想像できるさ」ペリー・ローダンは真剣にいった。「ほかの者たちも苦しんでいる」

「さらにひどいことになった」トロトの声がとても沈んだように聞こえた。「大敗を喫したあと、わたしは孤独を感じ、故郷を訪ねようと思った。それは自然なことだろう？　そこで銀河中枢部の恒星凝集域に飛んだ。その辺縁部にわが故郷、惑星ハルトを擁するハルタ星系がある」

「ずいぶんと危険なことを」アトランがいった。

「長年のあいだにいろいろな情報を耳にしてきて、いよいよ知りたくなったんです。わたしの種族がどうなったのか。当時……六百五十年以上も前だが……ハルタ周辺の宙域が、だれによってか封鎖されていると聞いてはいた。それを裏づける情報を《ナルヴェンネ》の乗員たちがくれたのだ。そのうえ、いまも状況はほとんど変わっていないという。守護者がいまはカンタロになっただけだ、と。それで気が気ではなくなった」

「そしていま、きみはまたここにもどってきたのか？」ペリー・ローダンは驚いたようすだ。

「そうです」イホ・トロトは失意の底にいるようだ。「壁に激突したことで、わたしはさらに無力感におちいった。ハルタ星系の近くで通常空間に復帰。ちいさな赤い星とその惑星を探知し、針路をプログラミングした。するとすでに、かれらがそこにいたんです」

「だれのことだ？」アトランは驚いた顔でいった。

「八段式の監視要塞があり、そのひとつがすぐ近くにあったんですよ。それだけなら太刀打《たちう》ちできたが、そのときカンタロの宇宙船があらわれた。やつらはわたしの《ハルタ》に突進してきて、砲撃をはじめた。応戦してはみたものの、すぐにここでも負けると悟った。わが種族への道はふさがれてしまったんです」

「それでどうした？」ローダンはたずねたが、すぐに自答した。「逃げだしたんだな」

「あたりまえですよ」巨体はいった。「でなけりゃ、わたしはいま、ここにいません。逃げるしか助かる道はなかった。ヴィッダーはわたしに対して口が重い。まるで惑星ハルトは何年も前に破滅し、もうハルト人はいないかのような対応だ……はっきりそうはいわなくても、かれらはそう思っていると感じる。むろん、そんなはずはない。かれらの情報が誤っている」

「実情がどうなのか、わたしにはわからないが」ペリー・ローダンが言葉をはさむ。

「きみがこれからどうするのかを知りたい」

「もう心に決めた」トロトはいった。「わが種族の運命を明らかにするのです。ハルトにもどる。いま、わたしにとってなにより大事なことだから」

「監視要塞やカンタロへの恐れはないのか？」アトランがたずねた。

「恐れなどありません」トロトの真剣さが伝わってくる。

「ひとりでいくつもりか？」アルコン人はさらにたずねる。

「ひとりで？」ふたつの脳を持つ奇抜な生物はいらだったようすだ。「当然でしょう。ほかにだれが、わが種族に関心があるというんです？」

「このわたしだ！」アトランはいった。「きみがハルト人の謎を解明するため、二度めの挑戦をするなら、わたしがそばについていたい」

「感謝します……」ハルト人はもう言葉が出なかった。

ペリー・ローダンは、アトランがいま、心痛にも真っ向から立ち向かおうとしていると思った。それはいいことだが、きわめてあやうい試みだとかれは感じていた。でも、なにもいわなかった。友をとめることはできないと感じたから。

＊

そのあとで、かれらは抵抗組織ヴィッダーの司令本部で、組織のリーダーであるロムルスと会った。小柄な半ミュータントで活性装置保持者のかれは、第三勢力の初期からのペリー・ローダンの同志のなかで、数少ない生存者のひとりだった。

ホーマー・G・アダムスはテラナーで、エスタルトゥの時代には悪評が立っていたが、それでもその信義の厚さは証明されていた。新銀河暦一一四四年のいま、かれはカンタロに対するおそらく唯一の真の抵抗組織を率いている。その事実が、かれの本質と精神を物語っている。

《カルミナ》から複数の男女が同席した。そのなかにセッジ・ミドメイズの無口な助手、ジョア・デヌシスもいた。セッジは船内にとどまった。ジョア・デヌシスの話では、首席医師はペドラス・フォッホの記憶のなかに有力な手がかりをつかんだらしい。

自由商人のフォッホ自身は、ペリー・ローダン一行とヴィッダーの会合に参加した。アッタヴェンノクのベオドゥもかれに同行する。

双方の側が再会を心から喜んだものの、このところのきびしい情勢が会談に影を落とした。

それは悲しい影だった。ペリー・ローダンとアトランにも、ホーマー・G・アダムスにも、それはわかっていた。

ヴィッダーの指導者は、レジナルド・ブル……やはり第三勢力の初期メンバー……がまだ生きていると聞いて喜んだ。それに、ペリー・ローダンの二度めの結婚で生まれた息子、ロワ・ダントンも。

バス＝テトのイルナのことは、アダムスはよく知らなかった。だが、彼女を失ったアトランの苦しみは想像できた。アルコン人は話を進める。

「イホ・トロトも問題を抱えている。かれはハルタに帰還しようとしたが、逃げかえってきた。だが、それは序章にすぎない。かれは再挑戦する。わたしも同行することにした」

ちょうどそのとき、トロトが会議室に入ってきた。ブルー族のクローン、イェリャツもいっしょだったが、ふたりはなんの関係もない。

ハルト人はアトランの最後の発言を耳にしていた。

「わたしはまもなく出発する」かれが明言する。「アトランの同行は大歓迎だ」

「わたしも同行させてください」とイェリャツ。かれはヴィッダーの一員だ。「われわれの組織でわたしほど、ハルタ宙域の状況をよく知る者はいません」

「あなたたちの計画は、いわば決死隊です」ホーマー・G・アダムスはきわめて冷静に不安を口にする。「カンタロがどんなことをするか、あなたたちはわかっていない。かれらは手ぐすね引いて待っている。罠にはまってはなりません」

「わたしの決意は固い！」アトランは力強くいった。

「死も恐れず、そんな危険な挑戦に出るなんて」アダムスがたずねる。「愛する女性を失ったことが、それほどショックだったのですか？」

「よけいな心配はするな」アトランは応じる。「イホ・トロトをひとりで行かせるのはフェアではない。かれは人類のため、銀河系の平和のために、たくさんのことをしてくれた。いま、かれをほうっておくわけにはいかないんだ」

「おっしゃるとおりです」とイェリャツ。

「ご決断にはもちろんしたがいますが」アダムスは依然としてこの計画に賛成していない。「どうしてもというなら、イェリャツを同行させてください。きっとお役にたちますから」

この件はひとまず解決した。

次にペリー・ローダンが口を開く。いま、なにが問題になっているか、かれの考えを率直に説明したうえで、友と称する敵が送ってきた組織サンプルに言及した。

その要となる発言は次のとおり。

「わたしがアルヘナにいることが、きみたちにとって確実な死を意味するかもしれない。きみたちに警告する。カンタロを支配する何者かは、つねにわたしの居場所をつかむことができる。わたしは危険な存在なのだ」

「信じられません」アダムスはそういいつつ、狼狽したようすだった。「あなたひとりのせいで、この場所が暴露されるなどありえません……あなたが望もうと望むまいと」

「きみがすべきことは、ホーマー」ペリー・ローダンは応じた。「アルヘナを一刻も早く放棄することだ。カンタロはいままさに、殲滅攻撃をしかけてくるかもしれない。そうなったらすべてを失うことになる」

「アルヘナがわれわれにとってどんな意味を持つか、あなたはわかっていない」ヴィッダーのトップはまだ懐疑的だ。「ここを築くのにどれだけ苦労したか、想像できますか？」

「できていると思うが」ローダンは答える。

「そう思いますか」アダムスはむっとしたようすだ。「アルヘナを築きあげるのに、どれほどの言語に絶する苦労を重ね、どれほどの犠牲者を出したか、知っていますか？われわれのような組織はつねに破滅の淵にある。銀河系内への通信手段は貧弱で脆弱。そのために費《つい》やした労力は膨大です」

「わかっている」

「ペリー、あなたはそういいますが、アルヘナを放棄することがわれわれにどんな意味を持つか、ほんとうにわかっていますか？　もちろん、代替の基地はありますよ。でも、アルヘナは恒久基地として築かれ、終わりを迎えるのは、銀河系がふたたび解放されるそのときです。われわれヴィッダーはいつだって、ここは安全だと感じられる。提案ですが、われわれが安全対策を二倍に増強したら、納得してもらえますか？」

「きみこそわかっているのか」ペリー・ローダンはアダムスの案には触れずにいった。「意図せぬ情報源は、わたしだけとはかぎらないことを。カンタロはとっくに工作員を、このレジスタンスの戦士のたまり場に送りこんでいるかもしれない。それはないと、きみは断言できるのか？」

「それは悪い憶測です」ホーマー・G・アダムスはまだ懐疑的だが、考えこむようすも見せた。「あなたはセランの防御バリア・コンビネーションを着用していますね。頭のうしろには皿状のロボットが飛びまわっている。ふたりだけで話がしたいのですが、よろしいですか？」

ローダンがアトランを見ると、友は軽くうなずき、合意が成立した。

「ただし、こいつを追いはらうのはむずかしいぞ」ローダンはおや指でオッザ＝1を指ししめす。「同席させないわけにはいかない」

「隣室に行きましょう」ロムルスはドアを指さした。

ペリー・ローダンはやや怪訝そうだ。アトランはかれを目で追ったが、付き添いはしなかった。その役目は、皿状ロボットのオッザ＝1だけが引き受けた。

「率直にいいます」ふたりきりになると、ホーマー・G・アダムスはいった。かれはカバンから印字フォリオをとりだすと、ローダンに手わたした。「アトランとあなたがイホ・トロトといっしょにいたときに、無線で受信した情報です」

ローダンが読む。

《カルミナ》からアダムスへ。ペリー・ローダンに気をつけろ！　かれは精神を病み、完全に正気を失っている。アトランに気をつけろ！　かれはイルナの喪失を克服したようにふるまっているが、克服できていない。その言葉を信じるな！　とくにローダンのいうことは。かれがおかしくなっていることは充分に証明されている。

このメッセージには署名も、送信者に関する情報もなかった。ペリー・ローダンはあまりの驚きで、返す言葉が見つからない。これはほんとうに《カルミナ》からのメッセージなんだろうか？

「あなたはセランの防御バリア・コンビネーションを着用しています」ヴィッダーが切りだす。「わたしの仲間が信用できなければ、どうぞそのままで。もし……」

「これは自衛策のひとつなんだ」ローダンはいらだちをおぼえた。「アカランダ・ベルツィを呼んでほしい。わたしを見守り、助けてくれた人だ。きみの発言は、ホーマー……

……」

「いったい、どういうことなんです？」ヴィッダーのトップは激しく反応した。「あなたはアルヘナを放棄させようとする！　われわれの懸念も苦悩も知らないで。そのうえ、あなたはセランの防御バリア・コンビネーションを着てやってきた。まるでわれわれがあなたの敵であるかのように」

「すこし考えさせてくれ。ひとりきりで！　セランの防御バリア・コンビネーションは脱ぐ。わたしをサイコテロの攻撃から守るには、ここでならオッザ＝1だけで充分だ。きみはほかのみんなのところにもどってくれ。すぐにわたしもいく。すべてのことは合理的に説明できる。信じてくれ」

アダムスが出ていくと、ペリー・ローダンは安堵のため息をついた。かれはセランの防御バリア・コンビネーションを脱ぐと、もう一度、深く息をついた。オッザ＝1が静かに見守っている。テラナーは自分の考えを整理しはじめた。

アダムスはかれのいうことを信じない。ローダンがかれとその仲間に危険が迫っていると指摘しても、受け入れようとしなかった。そのうえ、何者かが《カルミナ》から、アダムスと連絡をとっていた！　これはつまり、敵がたのために働く者がいるということだ。

孤立無援だ。ペリー・ローダンはそう感じ、孤独で心が凍えそうに冷えきった。

＊

ゲシールがかれに歩みより、挨拶する。かれは喜びにあふれた。彼女の顔は懸念に満ちている。そこには警告の色があった。彼女が伸ばした手が、ローダンの後方を指さした。

「あそこにかれがいる！」彼女が甲高《かんだか》い声で叫ぶ。

ローダンは振り向いた。すると影が見えた。あの罪人、誘拐犯、冒瀆者、宿敵が……それは以前よりもややちいさく平べったい姿になっていたが、それをペリー・ローダンは気にしなかった。ゲシールがかれに武器をわたす。かれは重い武器を持ちあげ、発砲した。

皿状の影が砕け散った。

その音がさまざまに反響する。そのひとつはゲシールの高らかな笑い声だったが、それはだんだんと男性的で皮肉な調子を帯びていく。笑い声がやまないうちに、ペリー・ローダンは周囲を見まわしたが、ゲシールの姿はもう見えない。あたりは真っ暗だ。暗闇があらゆる方向からかれの意識に忍びこみ、全身を麻痺させた。かれは疲労を感じた。どこかに横になって休めるところはないだろうか？

かれは床に倒れこみ、動けなくなった。

意識はもう働かなかったが、感覚は麻痺していなかった。明るい光がかれの顔に当たると、かれはようやく精神的な硬直から蘇生した。

アトランがかれの上にかがみこんだ。かれを持ちあげる。横にはアンブッシュ・サトーとホーマー・G・アダムスが立っていた。

「なぜ、セランを脱いだ？」アルコン人は深刻な表情だった。「なぜ、オッザ＝1を破壊した？」

ペリー・ローダンはゲシールを目で探す。その姿はなかった。

かれは友の腕から離れると、セランの防御バリア・コンビネーションをつかみ、着用した。防御バリアがふたたび展開されると、かれの気分は回復した。仲間の目を見る。そこにはアトランとホーマー・G・アダムス、アンブッシュ・サトーのほか、イホ・トロト、ペドラス・フォッホ、そしてベオドゥとジョア・デヌシスもいた。

その後方にセッジ・ミドメイズが、アカランダ・ベルツィを伴ってあらわれた。医師は録音クリスタルを高く掲げる。かれはまだ、直近の出来ごとを知らないようだ……オッザ＝1の信号が届かなくなったこと以外は。だが、まだアルコン人に支えられているローダンを見ると、驚いて立ちすくんだ。

「なにかわたしにいいたいだろうが」ペリー・ローダンは医師に手で合図する。「待ってくれ。ここではわたしは頭がおかしいと思われている。ホーマーに急《せ》きたてられて、セランの防御バリア・コンビネーションを脱いでしまったのだ。それはまちがいだった。サイコテロリストはそれを利用して、すぐに攻撃してきた。わたしがみずから、オッザ＝1を破壊したにちがいない。なにもかもあっという間のことで、皿状ロボットも対応できなかった」

セッジ・ミドメイズとアカランダ・ベルツィがローダンを診察する。その結果、テラナーにはまったく異常がないことがわかった。

「申しわけありません」ホーマー・G・アダムスがローダンに駆けよった。「こうなるとわかっていれば！　もちろん、防御手段は身に着けていてください。あの奇妙なメッセージのせいなんです。あなたをすこし試してみようと思ったのは……」

「なんのメッセージです？」超現実学者がたずねる。

ペリー・ローダンの合図にうながされ、ロムルスはサトーに、《カルミナ》からのメッセージが記載されたフォリオをわたした。

「本物にまちがいありません」超現実学者はすぐに確認した。「だが、これはなにを意味するのだろう？」

その答えはだれにもわからない。

8

半時間後には、この出来ごとをめぐる騒ぎはおさまっていた。その場にいた全員がふたたび、ホーマー・G・アダムスのもとで、ほかのメンバーも交え、一堂に会している。ヴィッダーのトップはあいかわらず、ペリー・ローダンが指摘した危険を信じようとしない。かれは確固たる証明を求め、それはまだだれも、しめすことはできなかった。だが、アンブッシュ・サトーはローダンにそっと伝えてきた。ロムルスにアルヘナ基地を放棄する必要性を納得させることはできる、時間の問題だ、と。

するとセッジ・ミドメイズが発言を求めた。

「ほとんどのかたは、わたしが最近、われわれの友、ペドラス・フォッホの記憶解剖をおこなったことはご存じでしょう。その目的は、かれがカンタロの捕虜だったときに知ったはずの、埋もれた情報を引きだすことでした。記憶解剖は成功しましたが、得られたデータはほぼすべてが未知の方法でコード化されていた。したがって、記憶を理解できるようにすることが課題でした」

「なにかあらたな情報を発見したのか？」ペリー・ローダンがたずねる。

「そうです」医師は認めた。「その情報はわれわれにとっても、ヴィッダーにとっても、とても興味深い内容だと思います。それは単語の羅列にすぎませんが、相互に関連しているはず。ですから、すべての名前と単語を、思考の流れの一端として理解する必要があります。その順序はランダムで、われわれが最終判断をすることはできません。それでも解釈は容易だと思います」

かれはプロジェクション装置をテーブルに置くと、記憶キューブを挿入した。単語がホログラムとしてうつしだされる。


惑星……防護策……カンタロ……工場……試験管……繁殖惑星……セファイデン宙域……繁殖惑星……シュウンガー……惑星シュウンガー

「解釈は簡単だ」すぐさまイホ・トロトがいった。「カンタロはいわゆる繁殖惑星を保有していて、そこは特別な防護がなされている。かれらはそこで後裔《こうえい》を、試験管や工場で育てている。おそらく、からだの有機・無機成分が育てられているんだろう。そのような繁殖惑星のひとつが、セファイデン宙域の惑星シュウンガーというわけだ」

「わたしも《カルミナ》のシントロニクスの助けを借りて、ほぼ同じ結論に達しました」とミドメイズ。

「そこはヴィッダーにとって、有効なターゲットになるでしょう」アンブッシュ・サトーが発言した。「得られたデータはまちがいなく正しい。そのような繁殖用の惑星を見つけだして排除できれば、すばらしい成果になります。しかも、あなたたちにはペドラス・フォッホという、充分な知識を備えた案内人がいる。かれは一度、体験したことのある状況に身を置けば、さらなる情報を思い出すはずです」

「悪くない考えだ」ホーマー・G・アダムスが認める。「どうすべきか考えてみます。もちろん、仲間たちとも協議しないと。われわれ全員が抱える問題は、カンタロに関する知識が充分ではないことです。いろいろと知っているつもりでも、明確な事実による裏づけがない」

「きみは〝繁殖惑星〟という言葉を知っていたのか？」ローダンがたずねる。

「その呼び名は知っていますが、そのような惑星に遭遇したことはありません。シュウンガーという惑星の名前も、はじめて聞きました。そこで決定打を食らわせられたら、大きな成果です。きっと大幅な弱体化につながる。カンタロの総数はさほど多くはないはずなので」

「そうなのか？　もっとくわしく聞かせてくれ」ローダンが求める。

「カンタロの総数は現在、二千万程度と見ています」ロムルスが説明する。「こぶ型艦の数は二万隻ほど。そもそも、巨大な宇宙的カタストロフィ後にかれらが局部銀河群に到達したときは、宇宙船はたったの五百隻、カンタロは五万名しかいなかったようです。それ以上のことはわからないので、数は慎重に評価する必要があります。とにかくカンタロの宇宙船は、五隻か六隻以上を同時に見たことがないもので。でも、あの規模からすると、いまではきっとシュウンガーのような繁殖惑星や、工廠《こうしょう》惑星がいくつも存在しているはずです」

ローダンとアンブッシュ・サトーはこの説明にとりわけ関心を寄せた。

「説明をつづけてください！」超現実学者がうながした。

「確かなデータではありません」アダムスは念を押す。「正しさは証明できなくとも、あなたたちにはすべての情報を提供したい。ただ、謎の部分が多いんです。たとえば、カンタロは男女の性別があるヒューマノイドを起源とするはずなのに、女性のカンタロに関する情報がまったくない。いくつもの点から、かれらはクローンなどの方法だけで繁殖しているのではないかと指摘されています」

「寿命はどのくらいですか？」サトーがたずねる。

「確かなデータはない。人間と同じくらいの長さと見られています。本来は、無機成分とシントロン成分のおかげで、はるかに長く生きられるはず……じつはそうなのかもしれません。だがすくなくとも、支配が開始されたころのカンタロが今日、まだ銀河系に存在しているという兆候はまったくない。一方、いま生きているカンタロは例外なく〝かなり若い〟ことが、さまざまな面から明らかです。このことから、カンタロは種族全体を刷新し、その出自や過去、起源とのつながりを完全に断ち切りたいと考えている。そう解釈できるかもしれません」

「繁殖惑星の調査が重要な意味をもちそうだ」とペリー・ローダン。「いま、わたしの力は調査には不充分だ。それにご存じのとおり、べつの問題を抱えている」

「個人的な問題ですか？」アダムスの言葉は問いのように聞こえたが、この点にそれ以上、踏みこもうとはしなかった。「われわれはだれしも問題を抱えています。はかりしれない問題を。われわれヴィッダーは自分たちを、自由と公平のために戦う孤独な戦士だと感じている。組織の維持や、通信手段の増強、あらたな同志の獲得につきまとう困難を、あなたたちはきっと想像できないでしょう。ただ、率直にいって、敵がここにもスパイを潜入させていないかと問われると、それはわかりません」

「きみたちに情報漏洩があるとしたら」とペリー・ローダン。「それはひとえに、わたしのせいだ。カンタロの背後、あるいはその上にいる未知の敵は、つねにわたしの居場所を把握しているようだから。先ほどのサイコテロがその裏づけになる。たとえその攻撃が、敵に送りこまれた協力者によって、なんらかの技術的なトリックで演出されたにすぎないとしても」

アダムスはかれの言葉に反応しなかった。ローダンは何度もこの話題を持ちだすが、それはもう充分にとりあげたから。

そのあとは小グループにわかれて討議が続けられた。イホ・トロトとアトラン、そしてイェリャツは、ホーマー・G・アダムスを議論に巻きこんだ。その意図は、自分たちの自発的なミッションに、ロムルスから無条件の同意を得ることだった。結局、アダムスは同意し、《ハルタ》は八月三十日にスタートすることが決まった。まだ多少、時間があるので、諸問題を解明し、準備を進めることができる。

アトランは自分が不在のあいだ、《カルミナ》の指揮をとることを、ペリー・ローダンに依頼した。

「船内にある私物の装備品から、必要なものを持っていくぞ」アルコン人は友が了承すると決めてかかる。「ミッションがいつまで続くかわからないからな」

「これは驚いた」ローダンはかすかにほほえんだ。「精神を病んだ者にそれほどの信頼を寄せてもらえるとは」

「あたりまえだ。きみを信頼している」アトランの表情から、嘘のないことがはっきりわかる。「きみへのサイコテロの問題をスタート前に解決できたらいいのだが。残念ながらそのチャンスはなさそうだ」

「大丈夫です、わが友」ペリー・ローダンはやや気分が沈んで見えた。「また会いましょう。惑星シシュフォスか、ずっとあとになって《シマロン》の再出動が可能になれば、出来ごとの焦点にあるペルセウス宙域で。くわしいデータをヴィッダーに残しておきましょう。かれらがまだアルヘナにいようが、わたしの望みどおり、退避惑星にいようが」

「きみはこの訪問のあと」とアトラン。「すくなくとも空間的にヴィッダーから離れるつもりだろう。そうしないと自分の罪の意識に対処できないから」

「あなたの付帯脳がばらしてしまったんですね！」

「そのとおり。わたしにこういった。きみは引きつづきロムルスの仲間たちと連絡をとるつもりだが、ヴィッダーにはきみの居場所を知られないようにする、と。それ以外は、きみが近い将来になにを計画しているのか、わたしはわからない。わたしのほうは計画が定まっている。イホ・トロトとわたしはハルト人を探しにいく」

「まだわたしには具体的な計画はないんですが」ローダンが吐露する。「まず、ふたつの目標のために戦います。ひとつはアルヘナ基地を放棄するよう、アダムスを説得すること。もうひとつは、サイコテロがどこからくるのか、そしてどうすれば排除できるか、突きとめることです」

　こうしてふたりの旧友は、主要な点について話を終えた。別れのときまで、まだ数日ある。副次的なことを検討する時間も充分に残されていた。

その後、ペリー・ローダンはセッジ・ミドメイズ、アカランダ・ベルツィ、ジョア・デヌシスと合流した。夢のなかの攻撃によって自分のせいでロボットのオッザ＝1を失ってから、ローダンは実績のある首席医師のチームの助けを借りていたのだ。その場にアンブッシュ・サトーも居合わせた。かれは〝ヴィッダー〟が退避する必要性を確認するため〝ゲシールのキューブを再調査したいと打診する。さらに、自由商人ペドラス・フォッホの記憶解剖で得られたセッジ・ミドメイズの分析や評価も、参考にしたいという。

これに対しては予想どおり、だれからも異議は出なかった。

ところがアカランダ・ベルツィが、まったくべつのことを懸念しだした。

「先ほどしばらく、ペドラス・フォッホのそばにいました」彼女は報告する。「ヴィッダーの主要メンバーはすでに、ロムルスが繁殖惑星シュウンガーを探索するため、《ナルヴェンネ》を派遣することを知っています。アダムスはすぐに、フォッホが例のドロイドをひどく憎んでいることに気づきました。理由は明らかです。かれらに通常の洗脳以上のことをされたから。かれはできることなら、カンタロ全員を自分の手で消してやりたいと思っています。アダムスはすでに《ナルヴェンネ》の船長、グラトニク・スローヴァルに対し、ペドラス・フォッホから目を離さないよう忠告したそうです」

「サトーとホーマーがこの遠征に賛成している」ペリー・ローダンが応じた。「きみの指摘は懸念にあたらない」

「わたしが懸念するのはべつの者です」アカランダ・ベルツィはいかにも心配そうにいう。「わたしは人類の心理学者ですが、異生物も多少は診断できます。ベオドゥのことですが、かれはペドラス・フォッホとここ数週間、親しくしています。フォッホの計画と、《ナルヴェンネ》をセファイデン宙域のカンタロの繁殖惑星に派遣することを聞きつけると、かれはヒステリーのような状態におちいりました」

「妙だな」とペリー・ローダン。「かれと話してみよう」

「かれはペドラスと別れたくないんです」女性は主張をつづける。「でも、自分はこの魔のコマンド部隊には参加したくない。かれは深く悲しみ、精神的にとても不安定になっている。あらたな友に同行することを拒むと同時に、かれは〝白日夢〟のなかで、ペドラス・フォッホが《ナルヴェンネ》で繁殖惑星の探索に出て、死にゆくのを見たといい張っています」

「気の毒なやつだ」この話に、ローダンは不審の念を抱きはじめていた。

「かれはあなたが最近、説明したのと似たような状態にあります」アカランダ・ベルツィはいった。「かれは燃えつきた。さらにあなたはどういいましたっけ？」

ペリー・ローダンはこの女性がなんのことをいっているのかわからなかった。

「〝バーンアウト〟……あなたはそういったと思います」心理学者はかれの言葉を暗唱

しはじめた。「〝わたしをバーンアウトから適時に連れだしてくれたのが、アカランダ・ベルツィ〟……つまり、わたし……〝の箴言〟だと。そして、こうつづけました。〝その言葉はわたしの意識のすみずみまで作用しました。……活発な人間の気力が突然、衰え、再出発する力をなくした状態を、かつてバーンアウトと呼んだのです。つまり、燃えつきた状態で、からだは生きているが、心は植物状態になる〟……そういったのを覚えていますか？　ベオドゥがいま、その状態なんです」

ローダンは返事をしない。完全にいらだっていた。ある考えが頭のなかをぐるぐるまわるが、なぜかはっきりした言葉をとろうとしない。不明瞭な鈍い感覚が残った。それはベオドゥとはなんの関係もない。なにかがどうもおかしい……

アカランダ・ベルツィは背を向けた。イホ・トロトに声をかけられたからだ。ペドラス・フォッホも彼女の近くにくる。

ヴィッダーのメンバーが食事と飲み物を運んできた。アルヘナ時間によれば、夜もかなり更けていた。ローダンはアトランのそばにいく。アルコン人もかなり無口だった。楽しい気分になる理由もない。

かれらが別れたときには、すでに夜中だった。ペリー・ローダンは《カルミナ》にとどまることにした。アカランダ・ベルツィが近くにいるのを知っていたためだ。オッザ＝1はもういないから。

その後の数日間は、いろいろな話し合いや計画で終始した。はりつめた空気ではなかったが、ペリー・ローダンがしきりにアルヘナ基地からの撤退を求めるため、ヴィッダー側はいい気分ではなかった。

＊

アンブッシュ・サトーは自室にこもっていた。ゲシールのキューブを持ちこんでいたが、あらたな情報は得られなかった。かれは定期的に連絡はとっていたが、そのつど、じゃまをしないでくれと伝えてきた。

セッジ・ミドメイズは、ペドラス・フォッホの記憶をめぐる研究を続けていた。だが、この《シマロン》の首席医師は秘密を解明し、さらなる知見を提供することはできていない。唯一のあらたな変化は、記憶解剖のデータを超現実学者にも公開したことだった。

《ナルヴェンネ》のスタート準備は、順調に進んだ。ホーマー・G・アダムスはスタートを一一四四年八月二十九日に定めていた。ペリー・ローダンは何度もアッタヴェンノクのベオドゥと話をしたが、かれはテラナーがすでにアカランダ・ベルツィから聞いていた説明をするばかり。ベオドゥはあくまで、あらたな友のペドラス・フォッホは《ナルヴェンネ》の遠征で命を失うと主張した。

ローダンはこの点についてアトランとも話をしたが、アルコン人の頭のなかはすでに、ハルト人のシュプールでいっぱいだった。かれの心は冒険への意欲に満ちていたが、むしろそうすることで現実逃避しているように見えた。

それを批判することは、テラナーにはできそうにない。かれ自身も問題を抱えていたから。かれはセランの防御バリア・コンビネーションを脱ごうとはしなかった……短い仮眠のあいだでさえも。

《ナルヴェンネ》のスタート前夜、ローダンはもう一度、ホーマー・G・アダムスと長い話し合いをした。すでにイホ・トロトは友に、《ハルタ》のスタートを八月三十日に決めたことを知らせていた。申し合わせのとおり、アトランとブルー族のクローン、イェリャッツも参加する。ロムルスも結局、出発に同意したうえ、経験豊かなイェリャッツを、歴戦の老勇士たちに同行させるよう求めたのだった。

アトランは自分の装備品を《カルミナ》から《ハルタ》に移動させると、もう一度、ペリー・ローダンのところにやってきた。ふたりはローダンの居室で会った。アカランダ・ベルツィは不在だ。彼女はこの数日で、ますますセランの防御バリア・コンビネーションを信頼するようになっていた。

「あす、まだ会えるかわからないからな」アルコン人はいった。「いつ再会できるかも」

「《ナルヴェンネ》は数時間後にスタートします」とテラナー。「あなたはあす、イホ

・トロトと出発するんですね。わたしはアルヘナを離れないと。たとえ、懐疑的なホーマーがまだわたしを信じてくれないとしても。なにかが完全におかしくなっているから」

「サイコテロにセラン……」アトランがいった。「きみは弱気になっている。謎は解けていない」

「そのとおりです。でも、その答えをわたしはもう知っている。そんな気がするんです。ただ頭が、それを考えることを拒否するだけで」

アトランは友のそばにすわった。

「わたしはアカランダ・ベルツィではないが」かれはいう。「わたしに話してみたらどうだ。きみの心を占めていること、あるいは無意識に気にかかることを」

ペリー・ローダンはかれの助言にしたがった。うしろにもたれかかると、例の細胞組織に関するセッジ・ミドメイズの報告があってから、数週間のあいだに自分が経験したことを、とりとめもなく語った。夢のなかの攻撃についても話した。アトランは忍耐強く話を聞いている。

ローダンが話し終わると、はじめてアトランは質問をした。

「きみはアカが、例のバーンアウトに関するきみの発言を引用したといったな。きみはその話を彼女にしたのか？」

「わたしが？」テラナーは驚いた顔をした。「もちろん話していません。なぜですか？」

「きみがその話をしたとき、われわれはふたりきりだった。アカランダ・ベルツィはいなかったはず。わたしは彼女にその話をしていない。彼女はどこからきみの発言を知ったんだろう？」

「わかりません」ローダンは立ちあがった。「まさか……」

そのときインターカムの警報音が鳴り、かれの言葉をさえぎった。

「こちら司令室」ふたりは耳をすます。「特殊なコード化が施され、極端に短く圧縮されたハイパー通信インパルスを受信しました。ペリー・ローダンまたはアトランあての親展通信で、送信者はシシュフォスの《シマロン》です」

「行きましょう！」ローダンは飛びあがった。

その瞬間、アカランダ・ベルツィのことは頭から消えた。

一分もたたないうちに、ふたりは《カルミナ》の司令室に到着した。シシュフォスから圧縮されたハイパー通信が高出力で発信されるからには、特別な理由があるはずだった。

アトランは解読のため、船載シントロニクスにコードデータを伝える。そしてペリー・ローダンとともに司令室の隣りの遮蔽されたキャビンに入った。そこに、シントロニクスが受信した通信の内容が平文で表示された。

アカランダ・ベルツィは《カルミナ》でアルヘナに飛んでいるはず。だが、われわれはここで偶然、本物のアカランダ・ベルツィの遺体を発見した。

ローダンとアトランは目を見合わせる。たがいを理解しあうのに、もう言葉はいらなかった。抱いていた疑念が突然、まったくべつの筋から裏づけられたのだった。

アルコン人が行動にでる。準備にかかると、一分もしないうちに《カルミナ》の小型搭載艇KA＝U2をスタートさせた。乗員は二体のロボットのみ。そしてこの搭載艇が、地下施設をすみやかに離れることができるよう願った。

司令室にもどると、かれはアカランダ・ベルツィを呼ぶようにいった。彼女があらわれた。偶然にもセッジ・ミドメイズとジョア・デヌシスもいっしょだった。

「ペリーに助けが必要ですか?」心理学者はたずねた。

アトランはだれにも気づかれないように船載シントロニクスの助けを借りて、封鎖・拘束フィールドを待機状態に切り替えた。アカランダ・ベルツィが逃げられないようにするためだ。画面上の信号が、KA＝U2が惑星の表面に到達したことを、ひそかに知らせた。かれは胸の前で腕を組み、女性に歩みよった。

「きみにいろいろと訊きたいことがある」とアトラン。「きみがどれだけ長く生きられるかは、その答えしだいだ。では訊いていく。

きみはカンタロか？

どうやってペリー・ローダンの下意識に影響をあたえているのか？

だれが本物のアカランダ・ベルツィを殺したのか？

どうやってきみはシシュフォスにたどりついた？　あの組織サンプルを運んできたスペース＝ジェットか？　わたしはそうだと踏んでいる。

だれのために働いているんだ？

わたしの友、ペリーの精神を破滅させようなどとする、ならずものはだれだ？

われわれのあいだに理解しあえる道はあるのか？　きみは誤った側に立っている、にせのアカ！」

女性は両手を組み合わせた。まずペリー・ローダン、次にアトランの顔をまっすぐに見ると、うなだれた。

「終わった……」彼女がいった。ちいさな声だが、その響きは生き生きと明るかった。

「もう呪縛はなくなった。わたしの仮面ははがされた。ほんとうのわたしのちいさな残りは、これでほっとできる」

彼女は片手を胸のあたりに入れ、ちいさなモジュールをとりだした。

「これがわたしよ」

ローダンとアトランは黙りこんだ。

「よきテラナーのなごり。その名はいまはもう、なんの意味ももたない」女性はつづける。「支配者にむりやり圧縮されてできたの。それ以外にわたしにあるものは、すべて人工的。これもよ！」

彼女はまた胸に手を入れ、異物をもうひとつとりだした。それは純然たる技術的な物体だった。

「これを使ってわたしは、ペリー・ローダンがセランの防御バリア内にいないとき、かれを操った。楽しい作業じゃなかったわ。しないといけないから、しただけ。これも見せてあげる。ここにあるのが無線機。これを使ってヴィッダーのトップに情報を提供したのよ。それからまだ、これがある！」

最後の言葉をいい終わらないうちに、彼女は自分の左腕を右手で胴体からもぎとり、床に落とした。人工肌がはがれたあとには、爆弾のようなものが残った。

「ごらんのとおりよ」彼女はいった。「これがわたしの最後の任務。正体がばれたら、あるいは失敗したら、わたし自身とあなたたちを皆殺しにする」

アトランが合言葉を叫ぶと、それを船載シントロニクスがただちに実行した。それにせのアカランダ・ベルツィの周囲に突然、バリア・フィールドが構築された。それだけではない。司令室の天井のなかに隠れていた転送機が、同じ瞬間に作動した。転送フィールドのなかのすべてのものが《カルミナ》から送りだされた。KA＝U2がアルヘナの地表で、受け入れ部の準備をとうに完了していた。

その場所で爆発が起きた。惑星アルヘナの地表に、深さ数百メートルのクレーターが形成された。KA＝U2と二体のロボットはこの災難をどうにか切りぬけ、まもなく報告してきた。アカランダ・ベルツィと彼女のモジュールの残骸は、なにひとつ見つからない、と。

それとともに、今回、使用された技術について知見を得る可能性も消え去った。ペリー・ローダンにとって、この出来ごとが意味することはただひとつ。これでセランの防御バリア・コンビネーションを脱ぐことができる。サイコテロ、かれの精神や夢への攻撃は終わったのだ。

＊

《ナルヴェンネ》は予定どおり、一一四四年八月二十九日の晩にアルヘナをスタートした。ベオドゥはあとに残された。かれの悲しみにだれひとり、充分に寄りそうことはできなかった。みなの懸念はちがうところにあったから。

そのとき、アンブッシュ・サトーが、ペリー・ローダンといっしょにホーマー・G・

アダムスを訪問したいと強く求めてきた。会談は実現した。

「すべての事実をじっくり検討しました」超現実学者はいう。「その結果、いえることはひとつだけ。カンタロはヴィッダーのアルヘナ基地の座標を認識しており、近日中に基地を攻撃するつもりです」

「信じられない話だ」ヴィッダーのトップは反論する。「確かな証拠はあるのか」

「わたしの言葉で充分なはずです」サトーはくわしく説明しようとしない。「カンタロはアルヘナのデータを把握していて、この抵抗拠点を掃討する準備をしています」

アダムスはまだ疑わしそうだ。

「サトーのいうとおりにちがいない」ペリー・ローダンも後押しする。「わたしのせいだ。にせのアカランダ・ベルツィは、わたしを狙って差しむけられた。彼女が依頼主とどう連絡をとっていたかはわからないが、通じていたことはまちがいない。そして彼女はここにいた。わたしがすべてをだいなしにし、きみたちをこのジレンマにおとしいれた。意図的ではないにせよ、自分に責任があることは自覚している。だが、きみたちの身はきみたち自身が守るしかない」

話し合いを続けたすえ、ロムルスは考えこんだ。そして退避惑星のちいさなリストを提示した。ローダンはそのデータを精査すると、ペルセウス・ブラックホール近傍のある星系を支持した。そこには戦略的に重要なブラック・スターゲートがあるからだ。

「基地を移します」アダムスが屈した。「この措置の裏にどれほど大きな負担が潜んでいるか、だれも想像がつきません。だが、やるしかないようだ。秘密の通信網を全面的に変更する必要がある。外部で活動するすべての工作員に、ひそかに情報を伝えないと。これまで通用していたものが、通用しなくなる。それは思わぬミスにつながるでしょう。われわれが困難のなか、背負ってきたものすべてが疑わしくなる。混乱が予想されるが、受け入れます。組織の緊急時計画は前々から準備している。きびしい歩みになるでしょう、友よ、とてつもなくきびしい脱出に……」

ロムルスこと、ホーマー・G・アダムスは緊急警報を発令した。ヴィッダーの脱出は翌日の八月三十日正午に開始される。数日はかかるだろう。あらたな故郷はヘレイオスといい、ペルセウス・ブラックホールから四・八光年離れた、恒星セリフォスの第四惑星だ。

ペリー・ローダンはもう一度、ヴィッダーのトップとふたりだけで話をした。《カルミナ》もとうにスタート準備ができている。《ハルタ》は最新情報では、すでにアルヘナを去っていた。

アダムスは暗い予感に満ち、ある約束をローダンからとりつけた。それは、《シマロン》の修理が終わったら、新しいヴィッダーの惑星に連絡することだった。旧友はみずからを情報源とみなし、直接的なコンタクトを控えるだろうと思ったから。

ローダンが《カルミナ》をスタートさせ、アルヘナで大規模な退避が開始されたころには、ローダンの考えははっきりしていた。これでみな旅に出た。ヴィッダー、イホ・トロトと同行者のアトランにイェリャッツ、ペドラス・フォッホを乗せた《ナルヴェンネ》。

そして、かれ自身も。

かれの宿敵は確実に、いまもかれを見張っている。たとえ、アダムスがそれを信じようとしなくても。ペリー・ローダンは当面、ヴィッダーから離れる必要がある。だから、ヘレイオスにもそうすぐには訪れないつもりだ。そのリスクは友らにとってあまりに大きすぎる。たとえ、それをかれらが正しく認識しようとしなくとも。

かれはその思いを自分の胸だけにしまっておいた。アダムスの考えとはあいいれないからだ。

《カルミナ》はアルヘナを離れ、ローダンはサイコテロから解放されたことを実感していた。その一方、物悲しい気持ちで幻覚を思い出していた。あれは現実ではなかった……それでもかれはあのとき、何度もゲシールに会えたのだった。

いつになったら彼女をほんとうに、この腕に抱くことができるのだろう？

あとがきにかえて

宮下潤子

マングローブのような支柱根を持つ植物、クワガタに似た大きな虫、なにかの甲高い鳴き声……

前半の話でローダン一行がたどりついた、惑星シシュフォスの動植物をあらわすキーワードに、読者のかたは地球のどこかを連想されただろうか。

訳者はまさにこれらを体験する旅をしたことを、なつかしく思い浮かべた。

その場所は台湾。九州とほぼ同じ面積のこの島を、二週間かけて夫とめぐった。一九九三年のことだ。

フリーの旅で、帰国日に台北にもどっていればよい。まずは島の西側を南下し、高雄まで来た時点で、あと六日ほどあった。そこで、海がきれいだという最南端の半島を経由し、島の東側の街も訪ねることにした。つまり、ほぼ一周することになる。

台湾は中央を、三千メートル級の高山が二百以上連なる山脈が縦断する。西側には平野が広がるが、東側は急峻な山々が海岸近くまで迫る。鉄道が便利なのは西側の、台北から高雄まで。そこから南、あるいは東方向への交通の便は悪かった。

高雄から最南端の半島まではバスで二時間半。そのあと、島の東部へ抜ける方法は、ガイドブックを見てもよくわからない。でもまあ、六日あればなんとかなるでしょう、ということで、とりあえず半島南端の街、墾丁《ケンティン》へと向かった。

すばらしい海だった。雄大でどこまでも青い。半島の先端は二股にわかれ、それぞれに岬がある。海岸線をめぐると、平日だったせいか、車もバイクもまったく来ない。出会ったのは黒っぽいヤギらしき群れだけ。貸し切り状態で景色を堪能できた。

一帯は〝国家公園〟で生態が保護されている。森林遊楽区という広大な自然植物園では、隆起した珊瑚礁岩に熱帯植物の気根や支柱根がからみつく、独特の景観を間近に見ることができた。

墾丁では日本語の堪能な老夫婦に誘われるまま、安くてとても清潔な宿に泊まった。観光も、安くて海鮮のおいしい店も、東部へのルートも、このご夫婦の助言は的確だった。

夜は宿の前で涼みながら、ご主人と二時間ほどいろいろな話をした。日本人は珍しいらしく、久しぶりに日本語を話せたと喜んでくれた。歴史的背景を考えると、こちらは恐縮しきりだったが……

東側へは結局、バスを乗り継ぎ、台東駅へ向かうことに。三時間半の道のりだ。バスは山間の険しい道を走りつづけ、ようやく海岸線におりると、なだらかな道になった。台東で鉄道に乗り換え、花蓮へと向かう。

今年（二〇二四年）四月に強い地震が襲った街だ。大きな被害があった太魯閣《タロコ》渓谷も、ここから近い。

花蓮駅のバス停で渓谷へ行くバスの時刻表を見ていると、タクシーやホテルの客引きに囲まれてしまった。すると、たまたまバス停にいた男性が日本語で話しかけてきた。仕事で何度も日本に行っているという。路線バスは本数が少なく不便なので（当時です）、旅行社のツアーに参加したほうがいい、と助言をくださった。

花蓮の街は、駅周辺の新市街と旧駅周辺の旧市街にわかれていた。新市街のホテルは新しくてきれいだったが、おもしろくないので旧市街へ。部屋を見せてもらい、古いが安全そうな宿に決めた。この宿の女主人も日本語がペラペラで大変親切。太魯閣観光の手配までしてくれた。

その夜のこと。寝ていると、かすかにカサカサッと音がする。おそるおそる床に目をやると、黒いあいつがゴミ箱の前に。それも、まさに大型クワガタムシ……くらい大きく見えた。

台湾は果物がおいしい。店で買って部屋で食べたあと、皮や種をビニール袋につつんで捨てていた。そのにおいにつられて来たか。

だが、そのGはどこかおとなしかった。細長いひげを動かしながら、ゴミ箱の外側をしきりに探るばかり。へたに刺激して飛ばれでもしたら地獄絵図と化す。そのまま放って寝た。目覚めるともういなかった。

翌日、太魯閣からもどり、晩に花蓮名物の扁食《ワンタン》を食べた。この旅行でもっともおいしかったもののひとつだ。そして芒果《マンゴー》と山竹《マンゴスチン》を買い、また部屋で食べたが、ゴミはビニール袋に二重に入れ、ゴミ箱の上を雑誌でふさいでおいた。

その夜中。寝ていると、またあの音が。はっと目覚めてゴミ箱を見ると……Gと目が合った(気がした)。昨晩と同じあいつだった。もしかすると、ゴミ箱チェックが毎晩の日課なのかも。とくに実害もなかったので、また放っておいた(われながら、なかなかの神経)。

ところが同じ夜、今度は聞いたことのない甲高い鳴き声がして目が覚めた。

ケッケッケッケッケッケッケ……

まさかと思い、下を見ると、あいつはもういない。あたりまえだ。さすがの台湾でもGが鳴くわけがない。

しばらくすると、また同じ鳴き声がする。夫も目を覚ました。ふたりで部屋を見回すと、夫が「あっ」と声をあげた。視線の先には、壁にはりついている生き物が。細長いからだに、短い四本足。

「なんだ、ヤモリか」夫はいうと、また寝てしまった。え〜ヤモリ？　とわたし。実物を見たのははじめてだった。その後もくりかえしお鳴きになるので、ほとんど眠れなかった……。

じつに楽しい、いい旅だった。

ちなみに、ヤモリは台湾全土に生息するが、北部では鳴かないらしい。台北の人にヤモリが鳴くというと、びっくりされるそう。ぜひ再訪してためしてみたい。

訳者略歴　立教大学社会学部・静岡大学人文学部卒，翻訳者　訳書『コードネームはロムルス』シェール＆ヴルチェク（共訳），『アルドゥスタアルへの旅』シドウ＆フェルトホフ（以上早川書房刊）他多数

HM=Hayakawa Mystery
SF=Science Fiction
JA=Japanese Author
NV=Novel
NF=Nonfiction
FT=Fantasy

宇宙英雄ローダン・シリーズ〈727〉

サイコテロリスト

〈SF2464〉

二〇二四年十二月 二十 日　印刷
二〇二四年十二月二十五日　発行
（定価はカバーに表示してあります）

著　者　クルト・マール　ペーター・グリーゼ
訳　者　宮《みや》下《した》潤《じゅん》子《こ》
発行者　早川　浩
発行所　株式会社　早川書房
郵便番号　一〇一 - 〇〇四六
東京都千代田区神田多町二ノ二
電話　〇三 - 三二五二 - 三一一一
振替　〇〇一六〇 - 三 - 四七七九九
https://www.hayakawa-online.co.jp

乱丁・落丁本は小社制作部宛お送り下さい。
送料小社負担にてお取りかえいたします。

印刷・信毎書籍印刷株式会社　製本・株式会社明光社
Printed and bound in Japan
ISBN978-4-15-012464-9 C0197